André Kawaya Tshimanga

Sur le chemin de l'au-delà

Témoignage

© 2013

Auteur : André Kawaya Tshimanga

Contacts : Tel. (0033) O760380326/ France

Tel. (00243)998188365/ RD Congo

kawaya.andre@yahoo.fr

: MSD Tissages, 12 Bd de Chinon 37300 Joué-Lès-Tours/ France

Tel. (0033) 0899690018

: Monbeautissage, 2 Belvédère 37250 Veigné/ France

Tel. (033) 0970447997 ; Fax. 0957950228

Editeur : Books on demand GmbH, 12/14 rond point des champs Elysées,

75008 Paris, France.

Impression : Books on demand GmbH, Norderstedt, Allemagne.

Tous droits réservés. Toute reproduction, même partielle sans l'accord de l'auteur est interdite.

Les citations bibliques sont tirées de la version selon Louis Segond.

ISBN 978-2-322-03109-2

Dépôt légal : Avril 2013

Dédicaces

A Jésus-Christ mon Seigneur et mon Sauveur : Je te dédie ce témoignage pour accomplir ta volonté. Qu'il soit un point de contact entre toi et le lecteur afin qu'il découvre ta bonté infinie et que tu le bénisses.

Au couple berger du ministère chrétien de combat spirituel : Vous êtes un canal par lequel ma famille et moi avons découvert la bonne parole du royaume de Dieu et son message de combat spirituel. Il aurait été judicieux de me référer à vous avant la publication de ce témoignage mais hélas, suite à l'impossibilité de vous joindre, j'ai néanmoins jugé le moment opportun pour m'acquitter de cette tache.

A mes formateurs : Dieudonné Musabuka, Martin Mbiye et à toutes celles et tous ceux qui ont contribué d'une manière ou d'une autre à mon affermissement dans la parole de Dieu, que la grâce, la miséricorde et la paix soient avec vous de la part de Dieu le Père et de la part de Jésus-Christ notre Seigneur.

Remerciements

A Angèle Kawaya : Celui qui trouve une femme trouve le bonheur ; c'est une grâce qu'il obtient de l'Eternel (Proverbe 18 : 22). Par toi mon cœur, j'ai découvert la voie de la guérison et du salut de mon âme. Je glorifie l'Eternel pour cette grâce qu'il m'a faite de t'avoir pour épouse. Qu'il te bénisse et te protège.

A mes enfants, mes belles filles, mon gendre et mon neveu : Vous n'avez ménagé aucun effort pour me soutenir pendant ce dur et douloureux moment de ma vie. Vous avez renouvelé ce soutien avec zèle afin que je puisse partager cette terrible expérience avec toute personne qui aura l'opportunité de lire ce livre. A vous tous : Jolie et Kadé Kawaya ; Sylvie Kawaya ; Luc Muepu ; Maureen et Yves Kawaya ; Nicole Kawaya ; Nathalie et Eddy Kalonji ; Sabrina Kawaya ; Eric Kawaya ; Clarisse Kawaya et Daniel Kawaya, je vous remercie du fond de mon cœur.

A mes frères et sœurs en Christ, intercesseurs et vous tous qui m'avez soutenu dans vos prières, trouvez ici l'expression de ma profonde gratitude.

Remerciements :

Au **docteur Nicolas Muala,** Pasteur de l'église évangélique « Etoile de gloire » à Nanterre / France ;

A **Jean Mboungou**, disciple au ministère chrétien de combat spirituel à Tours / France ;

Chers frères en Christ et serviteurs du Seigneur, je vous remercie très sincèrement pour votre soutien, pour vos conseils et surtout, pour avoir accepté de faire la relecture du manuscrit de ce livre et d'avoir consacré gracieusement votre précieux temps à sa correction. Que notre Seigneur Jésus-Christ vous protège et vous comble de ses bénédictions.

Table des matières

INTRODUCTION 9

1 : LES LIENS DE LA MORT 13

Chapitre 1 : La mort clinique 13

Chapitre 2 : Récits des témoins 19

Chapitre 3 : Retour à la vie 27

Chapitre 4 : Le fauteuil roulant 31

2 : PASSAGE EN REVUE DE MA VIE 35

Chapitre 5 : Ignorance de la parole de Dieu 35

Chapitre 6 : Ma rencontre avec Jésus-Christ 43

Chapitre 7 : Mes premiers pas en Christ. 49

Chapitre 8 : Appel de Dieu 65

Chapitre 9 : Dans le champ de Dieu 71

3 : GUERISON MIRACLE 85

Chapitre 10 : La foi agissante 85

Chapitre 11 : La sortie de l'hôpital 93

Chapitre 12 : Conclusion 95

INTRODUCTION

Je ne sais de quelles maladies moururent mes grands parents ; par contre mon père fut terrassé par une paralysie brutale qui entraina sa mort subite. Ma grande sœur et mon petit frère subirent le même sort. Ils furent emportés par cette calamité familiale sans qu'aucun d'eux n'eût l'occasion de souffler cinquante six bougies d'anniversaire.

Je pensais que cela n'a pu rien faire contre moi puisque je suis né de nouveau d'eau et du Saint Esprit. Mais une fois ramené à la réalité des choses par ce que j'ai vécu, j'ai compris que cette manière de penser crée une distraction qui conduit à la négligence et à la banalisation du combat fatal que mène le diable contre les chrétiens. C'est ainsi que, malgré son baptême d'eau et du Saint Esprit (Actes 9 :17-18), l'Apôtre Paul écrit plus tard aux Romains :

Mais je vois dans mes membres une autre loi, qui lutte contre la loi de mon entendement, et qui me rend captif de la loi du péché, qui est dans mes membres. Misérable que je suis : Qui me délivrera du corps de cette mort ?...

Romains 7 : 23-24

Notre Seigneur Jésus-Christ ne nous en donne-t-il pas l'exemple lorsque, venant d'être baptisé d'eau et rempli du Saint Esprit, il fut tenté par le diable dans le désert selon l'Évangile de Matthieu :

Dès que Jésus eut été baptisé, il sorti de l'eau. Et voici, les cieux s'ouvrirent, et il vit l'Esprit de Dieu descendre comme une colombe et venir sur lui. Et voici, une voix fit entendre des cieux ces paroles : Celui-ci est mon Fils bien-aimé, en qui j'ai mis toute mon affection. Alors Jésus fut emmené par l'Esprit dans le désert, pour être tenté par le diable.

Matthieu 3 : 16-17 ; 4 : 1

La Nouvelle Naissance est un engagement d'une bonne conscience envers Dieu (1Pierre 3 : 21), une adhésion sans laquelle personne ne peut entrer dans le royaume de Dieu (Jean 3 : 5). Par contre, elle ne peut être considérée comme un vaccin, un antidote ou un traitement contre les meurtrissures du diable.

La Nouvelle Naissance est pour un chrétien ce qu'est le visa dans le passeport d'un voyageur. Bien qu'il lui garantisse le droit d'entrée dans le pays qui l'a accordé, le visa ne peut procurer à ce voyageur une carte sanitaire valide qui lui sera exigée à la frontière, surtout lorsqu'il vient d'un pays endémique.

Or justement dans le domaine de la santé, il y a des maladies que l'on se contamine soi-même ; tandis que d'autres, héréditaires, sont transmises de génération en génération par les parents à leurs enfants.

De la même manière, il y a des péchés que l'on a commis ou que l'on commet soi-même, tandis que d'autres ont été commis par les parents mais leurs conséquences courent jusqu'à leurs enfants. Ce sont ces derniers qui en subissent les conséquences, tel qu'il est écrit dans les dix commandements de Dieu (Exode 20 :5) et dans les lamentations de Jérémie ci-dessous :

Nos pères ont péché, ils ne sont plus, et c'est nous qui portons la peine de leurs iniquités

Lamentations 5 : 7

Il est dès lors impérieux pour un chrétien né de nouveau, victime d'une maladie d'origine héréditaire physique ou spirituelle, de chercher à découvrir par la prière la cause spirituelle de sa souffrance. D'ailleurs, selon les promesses de rédemption de Dieu dans le livre de Jérémie, les écritures saintes nous orientent vers cette voie :

Invoque-moi, et je te répondrai ; je t'annoncerai des grandes choses, des choses cachées, que tu ne connais pas

Jérémie 33 : 3

Des choses cachées dont parlent les écritures, les péchés des parents en sont une. Il s'agit des actes et des alliances que les parents ont signés avec les féticheurs, les maisons occultes, les sorciers, les loges mystiques,...etc. Ils se sont rendus esclaves du péché mais, ils ne sont plus. Les liens de cet esclavage se perpétuent sur leurs enfants. Dès lors, il incombe à ces derniers de chercher à découvrir l'origine de leur esclavage, c'est-à-dire, de la malédiction qui peut se manifester par une maladie héréditaire, une pauvreté congénitale, des échecs à répétition, un célibat ou une stérilité de nature mystique…etc. Ils devraient chercher à connaître la réalité de leur histoire, connaître la vérité pour être affranchis (Jean 8 : 32-34).

Ayant dépassé largement l'âge que mon père, ma sœur et mon frère trouvèrent la mort, j'ai cru que j'avais vaincu le diable. Cependant, il attendait un moment favorable car, il tenait encore solidement les liens de ma mort subite entre ses mains.

Lorsque son moment favorable fut arrivé, le diable frappa et par là, se dévoila devant les soldats du Christ qui connaissaient mon état d'âme ; devant les oints de l'Eternel qui connaissent les tactiques et les stratégies du diable pour le contrer.

Avec Jésus-Christ nous combattons dans la victoire ; les liens de mort par accident vasculaire cérébral déjà entamés et rongés par le fait de mon attachement à la parole de Dieu et, par mes combats de tous les jours pour détruire les alliances ancestrales, furent coupés et mon âme libérée du séjour de mort.

Votre alliance avec la mort sera détruite, votre pacte avec le séjour des morts ne subsistera pas ;…

Esaïe 28 : 18

1 : <u>Les liens de la mort</u>

Chapitre 1 : La mort clinique

Les liens de la mort m'avaient environné, et les torrents de la destruction m'avaient épouvanté ; les liens du sépulcre m'avaient entouré, les filets de la mort m'avaient surpris.

Psaumes 18 : 5- 6

Il est midi sous les tropiques ce jeudi 08 mai 2008, le soleil est au zénith et la chaleur torride. Je suis assis sur une chaise plastique à l'ombre d'un arbre dans la grande concession de l'assemblée de Dieu.

A ma main gauche je tiens la bible, la sacoche sur mes genoux, j'écoute calmement une sœur en Christ qui m'expose ses problèmes dans le cadre de la cure d'âme (confession du malade spirituel ou physique suivie de l'exhortation à la repentance, préparatoire à la prière de délivrance) organisée par notre assemblée chrétienne.

Je l'écoute attentivement, je pose des questions, je l'exhorte avec des versets bibliques à l'appui quand soudain, la bible glisse de ma main et tombe par terre. Cela me semble bizarre car, ça ne m'était jamais arrivé auparavant, et c'était tout de même inexplicable.

Je veux m'incliner pour ramasser la bible et là, le drame faillit se produire. J'ai senti subitement mon côté gauche peser lourd, tellement lourd que j'ai basculé et failli m'écrouler à terre. Ayant remarqué ma difficulté, la sœur en Christ qui était avec moi, ramassa ma bible et la déposa sur ma sacoche. J'essayai de soulever mon bras gauche pour saisir la bible hélas, mon bras ne répondait plus au commandement de mon cerveau. Je ne le sentais plus, il était complètement déconnecté de ma volonté.

La sacoche sur mes jambes commençait à me peser lourd, aussi lourd qu'un sac de cents kilos. Ma bouche s'étirait fortement vers mon oreille gauche. Lorsque je voulais parler, aucune parole ne sortait de ma bouche mais, plutôt une sorte de sifflement effrayant.

D'une minute à l'autre, j'étais défiguré à tel point que la sœur en Christ qui était en face de moi prit panique et courut vers le responsable du département de la cure d'âme qui était à quelque distance de là pour l'informer. Venu à ma rescousse, ce dernier pria pour moi.

Je recouvris instantanément l'usage de la jambe et du bras. Ma bouche et toute la figure reprirent leur aspect habituel. Malgré cela, je me sentais très déséquilibré. J'avais envie de m'allonger à même le sol pour dormir ; malheureusement ce n'était ni le moment ni l'endroit approprié. Je me suis alors levé pour aller me reposer dans la deuxième concession de l'assemblée où se trouvaient les kiosques. Bien que ma jambe gauche ait recouvré la force, mais en marchant mon pied gauche glissait sur le sol et ne constituait donc pas un point d'appui. La distance d'environ 250 mètres qu'il me fallait parcourir pour atteindre les kiosques me parue interminable. Pendant tout le trajet, j'implorais mon Dieu pour qu'il vienne à mon secours afin qu'il ne m'arrive rien de pire car je sentais que je pouvais m'écrouler d'un moment à l'autre. Arrivé tant bien que mal aux kiosques, j'y trouverais pour mon malheur, la discothèque des chansons chrétiennes fonctionnant avec le volume à plein régime ; ce qui aggrava ma situation.

Alors, je me résolus de téléphoner à mon épouse pour qu'elle vienne d'urgence me récupérer, car j'avais un grand besoin de repos.

Habitué à tenir le téléphone de la main gauche, il faillit tomber de ma main pendant la communication puisque mon bras gauche perdu de sa force ; c'est de la main droite que j'ai pu le tenir pour achever ma communication avec Angèle, mon épouse.

J'ai réalisé en ce moment là que la situation de ma santé était bien sérieuse. J'ai tout de suite appelé mon frère en Christ Jean Pierre Bisaka, pour lui demander de m'amener à l'hôpital. C'est ce qu'il fit avec le concours d'un autre membre de l'assemblée, frère Manta qui utilisa son véhicule pour nous y conduire.

En cours de route, la paralysie se reproduisit pour la troisième fois et puis se calma subitement. Profitant du moment de l'accalmie, j'ai téléphoné de nouveau à Angèle pour l'informer que j'étais en route pour l'hôpital, afin qu'elle n'aille pas me chercher dans les kiosques où je me trouvais au moment de mon premier appel consécutif à l'accident.

Une fois arrivé, je suis descendu du véhicule et j'ai marché sans trop de problème jusqu'à la réception. L'infirmière me demande de m'asseoir un temps pour me reposer avant de prendre la tension. Apparemment j'étais bien, assis tranquillement ; ceux qui m'avaient accompagné étaient silencieux, ils m'observaient sans mot dire.

Nous ayant rejoints, Angèle se renseigne auprès de mes amis sur mon état de santé ; comme frappé de surdité, personne ne lui répond. Autour de moi il règne un silence de marbre.

L'infirmière me place le tensiomètre au bras, vérifie les mesures et puis, me demande si j'ai envie de me soulager ; je lui réponds par la négative. Elle me dit de rester calme, puis s'éloigne et disparait loin dans les couloirs de l'hôpital.

A son retour, l'infirmière est accompagnée de quatre médecins dont le médecin directeur. Ce dernier me demande de le suivre ; en me levant, tout mon côté gauche s'effondre brusquement. Juste au moment où j'allais tomber, deux médecins m'attrapent et me retiennent par les aisselles. Ils m'entrainent ainsi à bout de bras jusque dans l'un des box du service des urgences où ils m'allongent sur le lit.

Au fait c'est dans ce même box que chaque jeudi, je venais rencontrer quelques malades pour leur suivi spirituel, à l'heure même où je suis allongé sur le lit d'hôpital. Mais ce jeudi, bien qu'à l'heure et au lieu de rendez-vous, je ne suis plus maître de ma conscience, je suis entre la conscience et l'inconscience, je suis dans un état second.

On s'affaire sur moi avec des piqûres pour prélever le sang, pour poser les sets de perfusion mais de tout cela, je ne sens plus rien ; j'ai l'impression que cela se passe sur moi, mais qui ne suis plus moi. Je ne vois plus rien, les voix autour de moi s'éloignent de plus en plus ; la dernière phrase que j'ai entendue : « L'aiguille ne pénètre pas, …le sang est entrain de coaguler,….il faut faire vite ». Et puis, plus rien ; un trou noir, état de non existence ; bref, la mort clinique. La suite des événements me fut rapportée par Angèle Kawaya mon épouse et par Jean Pierre Bisaka qui fut responsable du département de la cure d'âme de notre assemblée à cette époque. Ce sont eux, parmi tant d'autres qui sont les témoins oculaires dès les premiers instants de ma souffrance, jusqu'au jour de ma sortie de l'hôpital.

Chapitre 2 : Récits des témoins

Le récit d'Angèle Kawaya :

Lorsque nous sommes arrivés dans le box des urgences, les deux médecins qui trainaient mon mari par les aisselles, l'ont couché sur le lit. Une infirmière est venue prélever son sang pour les examens de laboratoire et poser le set de perfusion afin d'installer les pochettes de sérum physiologique. Elle a eu du mal à trouver la veine et quand elle l'a trouvée, elle n'arrivait pas à prélever le sang. Un des médecins dit : Le sang commence à coaguler, il faut faire vite. Pendant ce temps, les autres frères et moi, nous étions entrain d'intercéder.

L'infirmière réussit à prélever le sang et à poser le set de perfusion. Dès que la perfusion fut démarrée, le médecin directeur ordonna à tout le monde d'évacuer la pièce, à l'exception de deux médecins d'hôpitaux et de l'épouse du malade. Depuis qu'on l'avait couché au lit, mon mari était calme, il ne bougeait pas ; même quand on le piquait des aiguilles pour prélever le sang,

il ne tressaillait même pas ; je pensais qu'il dormait déjà profondément.

Je me suis assise à même le sol dans un coin pour me reposer tandis que les deux médecins toujours debout devant son lit, observaient l'écoulement de la perfusion et prenaient sa tension. Perdue dans mes réflexions, passant en revue l'histoire de mon couple depuis notre mariage, les moments merveilleux que nous avons vécus ensemble, les étapes difficiles que nous avons traversées…et, je fus interrompue par la réaction de l'un des deux médecins. Il dit en sortant du box, suivi de son confrère : « Ah ! Seigneur, pourquoi çà ? »

Paniquée par le regret du médecin, je me suis levée pour voir mon mari au lit et essayer de comprendre la cause de ce regret. Je me suis approchée du lit, mon mari dormait toujours profondément. J'ai glissé ma main sous sa nuque pour tourner son visage vers moi car il était couché avec le visage tourné vers le mur.

En essayant de soulever sa tête, celle-ci formait un bloc rigide avec le cou et le tronc ; en plus, son corps était froid alors qu'il faisait horriblement chaud dans la pièce. J'ai lâché la tête ; j'ai mis mon oreille au niveau de son sein gauche pour entendre le battement de son cœur…rien, aucun battement ; le cœur avait cessé de battre.

J'ai regardé son ventre pour observer le mouvement de sa respiration…, un calme plat ; les poumons ne fonctionnaient plus.

Pendant que je faisais tout cela, les deux médecins dehors m'observaient, car la porte était ouverte pour aérer le box surchauffé par la chaleur de la saison des pluies. J'ai couru dehors vers les deux médecins qui suivaient tous mes gestes de loin. Dès qu'ils m'ont vue courir vers eux, ils se sont mis à partir, l'un dit à l'autre : « Elle a compris » ; mais moi, troublée, ne faisant plus attention à ce qu'ils se disaient, je leur dis : Docteurs, mon mari ne respire pas, venez voir il ne respire plus. L'un de deux médecins dit : Lorsque la perfusion a démarré, sa tension artérielle a fait une chute brusque,... etc.

Tout cela ne m'intéressait pas, je voulais qu'ils reviennent dans le box et qu'ils voient que le ventre est calme, il n'y a plus de respiration et que le cœur ne bat plus. Je voulais qu'ils reviennent sauver mon mari ; ils ne retournèrent pas dans le box. Aucune tentative de sauvetage de quelque nature que ça soit, aucun geste médical tel que massage cardiaque ne fut pratiqué sur mon mari. Le mot défibrillateur n'est même pas encore entré dans le langage médical courant dans mon pays en ce début de vingt unième siècle.

Toujours en courant, je suis retournée dans le box ; j'ai encore touché le corps de mon mari dans l'espoir que la situation se serait améliorée entre temps..., hélas non. Son corps était toujours froid ; toujours pas de respiration ni battements du cœur. J'ai même remarqué que la perfusion ne fonctionnait plus ; est-ce les médecins l'avaient-ils arrêtée, se serait-elle arrêtée toute seule, je ne le saurais jamais !

Reprenant mes esprits, voici je suis devant une dure réalité, devant un cadavre. Mon mari n'est plus, il est mort. Les intercesseurs partis, les médecins partis, je me suis retrouvée seule devant le corps froid de celui qui fut l'homme de ma vie, le père de mes enfants.

J'ai connu des moments merveilleux dans ma vie, des moments de bonheur et de joie auprès de mon mari ; aussi des moments de souffrance, de tristesse et des difficultés, mais toujours la main dans la main avec mon mari. Aujourd.hui je suis livrée à moi-même, seule face à une des douleurs les plus atroces, seule devant un corps inerte ; ce corps qui faisait ma joie de vivre, trente neuf ans de mariage sans égratignure !

Je me suis jetée à genoux face contre mur, dos tourné du côté où était le corps de mon mari encore attelé aux sets de perfusion, comme s'ils servaient encore à quelque chose. Sous le choc, le corps tremblant de douleur, quelles paroles de prière pouvaient sortir de ma bouche, avec quelle cohérence ! J'ai levé ma main au ciel et j'ai crié,…crié au fils de David, au Lion de la tribu de Juda. Mes pensées allèrent droit à l'histoire du roi Ezéchias dans le livre du prophète Esaïe :

En ce temps là, Ezéchias fut malade à la mort. Le prophète Esaïe, fils d'Amos, vint auprès de lui, et lui dit : « Ainsi parle l'Eternel : Donne tes ordres à ta maison, car tu vas mourir, et tu ne vivras plus. » Ezéchias tourna son visage contre le mur, et fit cette prière à l'Eternel : « O Eternel ! Souviens-toi que j'ai marché devant ta face avec fidélité et intégrité de cœur, et que j'ai fait ce qui est bien à tes yeux ! » Et Ezéchias répandit d'abondantes larmes. Puis la parole de l'Eternel fut adressée à Esaïe, en ces mots : « Va, et dis à Ezéchias : Ainsi parle l'Eternel, le Dieu de David, ton père : j'ai entendu ta prière, j'ai vu tes larmes. Voici, j'ajouterai à tes jours quinze années ; je te délivrerai, toi et cette

ville, de la main du roi d'Assyrien ; je protégerai cette ville ».

Esaïe 38 : 1- 6

J'ai crié : « Dieu d'Ezéchias, souviens-toi de mon mari ». Au fait, de quoi devrait-il se souvenir de mon mari ? Depuis que mon mari a accepté Jésus-Christ dans sa vie, il s'est accroché à sa parole. La parole de Dieu passait avant sa famille et ses entreprises. A titre d'illustration, un dimanche à l'adoration au Parc, un serviteur de Dieu venu du Congo, fit un appel des fonds pour l'achat d'une concession de terre au bénéfice de notre assemblée de Dieu. Le lendemain, mon mari alla verser une offrande de cent dollars américains pour moi et autant pour lui.

Une autre fois, à la prière d'adoration organisée au stade, un Pasteur venu du Nigéria fit également un appel des fonds pour la même raison. Assis à côté de moi, mon mari se leva, descendit les gradins et alla déposer une offrande de mille dollars américains à l'autel de Dieu installé sur la pelouse du terrain de football au stade du Vingt Mai.

Mon mari s'était dévoué entièrement à l'œuvre de Dieu. Il se désintéressa de ses affaires, fit don de soi à Jésus-Christ, travaillant du lundi au samedi dans le champ de Dieu. Ce jeudi fatidique, je suis agenouillée au lieu et à l'heure même où il devait prier pour les autres. Oui, il y est mais sans vie, inanimé, le corps froid, son cœur a cessé de battre, ses poumons ont refusé de fonctionner,... Jésus ! Souviens-toi de mon mari.

Le récit de Jean Pierre Bisaka :

Lorsque le médecin directeur a demandé à tout le monde de sortir du box, nous sommes allés rendre visite à un autre frère en Christ hospitalisé au premier niveau du bâtiment voisin du box.

La fenêtre de sa chambre était ouverte à cause de la chaleur et elle donnait directement sur le box où se trouvait le couple Kawaya. Pendant que nous étions dans cette chambre, nous avons entendu un cri de détresse suivi des pleurs, la voix d'une femme. Elle criait fortement invoquant le nom de Jésus en pleurant. Nous avons reconnu la voix de madame Kawaya qui était restée aux côtés de son mari dans le box au rez-de-chaussée. Mes frères en Christ et moi, nous nous sommes précipités à descendre les marches de l'escalier pour rejoindre le box.

Avant d'atteindre le box, nous avons croisé les deux médecins qui s'occupaient de Kawaya ; ils se dirigeaient vers le bureau du médecin directeur, certainement pour lui faire rapport. Je leur ai demandé l'évolution de la santé du malade. Leur brève réponse nous confirma ce que nous craignions : « C'est fini, il n'y a plus rien à faire ». Je suis allé tout droit au lit du malade. J'ai retroussé son t-shirt et mis mon oreille contre sa poitrine de façon à entendre les battements de son cœur, c'était calme, le cœur ne battait plus et les poumons ne fonctionnaient pas non plus. J'ai tourné mon regard vers Manta et Jean Marie, nos yeux se sont croisés.

Au fond de moi je me dis, le combattant de Christ vient de tomber au front les armes à la main. Au fait, à côté de son corps sur le lit, il y avait sa sacoche qui ne contenait que sa bible, les notes de l'enseignement de la cure d'âme qu'il devrait donner ce même jour à 16 heures, et quelques cahiers des malades qu'il suivait en prière.

J'ai fortifié madame Kawaya et sa fille Nicole qui nous avait rejoints entretemps. Nous avons fait une forte prière d'autorité pendant environ deux heures contre l'esprit de mort, arrachant l'esprit, l'âme et la conscience de notre frère d'entre les mains de l'esprit de sépulcre.

Vers 16 heures, Kawaya souffle comme quelqu'un qui était étouffé ; il bouge, ouvre les yeux et nous regarde. Quel miracle de Dieu ! Il commence à nous parler en se plaignant de ce que nous avons abandonné sa classe de formation des cureurs sans encadreurs. Sans même faire allusion à sa santé, il demande à Jean Marie d'aller vite démarrer la modération de la réunion de prière ; il me demande à mon tour d'aller préparer pendant ce temps une courte exhortation pour les amener dans la prière. Sans attendre, nous sommes partis et chemin faisant, j'ai tenu informé la hiérarchie qui m'ordonna d'envoyer une équipe d'intercesseurs à l'hôpital, au chevet de notre frère en Christ.

Chapitre 3 : Retour à la vie

Car celui qui me trouve a trouvé la vie. Et il obtient la faveur de l'Eternel.

Proverbe 8 : 35

A un moment de la période du trou noir, la conscience me revient puisque je me vois, ou plutôt je me sens et me reconnais dans ma conscience et non dans mon corps physique. La notion de corps physique n'existe pas en moi et pourtant je suis là quelque part dans une atmosphère particulière, dans une atmosphère difficile à décrire. Une atmosphère feutrée, éclairée par une douce lumière scintillante. Je m'y meus en glissant de bas en haut, propulsé seulement par ma simple volonté vers une direction, vers la sortie. Pendant que j'étais dans cette atmosphère, je voyais tous les frères et sœurs en Christ qui suivaient mon enseignement de la cure d'âme. Je les voyais déjà installés à notre lieu d'enseignement. Ils s'inquiétaient de mon absence et de celle des frères qui m'assistaient. De là ou j'étais, je les voyais et je comprenais leurs préoccupations et leurs appréhensions alors qu'ils étaient à six rues de l'hôpital où mon corps inerte était abandonné dans le box des urgences.

Lorsque mon épouse s'était agenouillée face contre le mur et avait crié à Dieu, de là où j'étais je l'avais vue et l'avais entendue. Bien plus tard, lorsque j'ai pu recouvrer l'usage de la langue et de mes membres, je lui en ai parlé. Elle n'en revenait pas car j'étais couché au lit sans vie, le visage tourné contre mur, incapable de voir son bras levé et sa position, même si je vivais.

Au moment de ma sortie de cette atmosphère, j'ai soufflé comme quelqu'un qui sort de l'eau après une bonne plongée. Alors que quand j'y étais, je ne sentais aucun malaise, aucun stress ni indisposition physique de quelque nature que ca soit, peut être parce qu'il n'y avait rien de physique en moi. En revenant à la vie, je n'avais qu'une seule préoccupation, mon travail dans le champ de Dieu, notamment l'enseignement de la cure d'âme.

J'avais pris à mon compte les soucis des frères et sœurs qui me cherchaient pour cet enseignement. J'ai eu juste le temps de donner les instructions à mes frères en Christ au sujet de cette classe, comme pour me décharger du fardeau des soucis de tous ceux qui me cherchaient, car leurs soucis se portaient vers moi ; et puis, plus rien..., encore un trou noir. Mais cette fois, selon les récits recueillis plus tard, je respirais ; le cœur battait mais j'étais totalement inconscient, j'étais cette fois dans le coma.

Je repris connaissance le lendemain matin. J'étais allongé sur un matelas mousse à même le sol, entouré par des gens debout qui m'observaient, et moi je les dévisageais. J'en reconnus un ; Michel Seke, je lui tendus la main droite pour le saluer puis, je reconnus un autre, Jean-Marie Matota, encore un autre Jean Robert Pilato, Pierre Onia, Angèle, ainsi que ma fille Nicole.

Ils étaient là depuis la veille pour intercéder à mon chevet. Il était environ 05 heures du matin lorsque, épuisés, ils prirent congé de nous tout en glorifiant le Seigneur. Après leur départ, nous sommes restés à deux, mon épouse et moi dans le box.

Comment te sens-tu ? Me demande Angèle ; je lui fais signe de la tête que ça va. Alors mets-toi debout lentement et assieds-toi sur le lit ; enchaine-t-elle. J'essaie de bouger les membres pour me lever,... impossible. Tout mon côté gauche ne fonctionne pas et en plus il me pèse horriblement lourd. Angèle tente de me soulever, elle n'y arrive pas. Je pèse lourd et elle est fatiguée ; elle avait quitté précipitamment la maison la veille à midi suite à mon appel au secours ; elle n'avait pas mangé de la journée. Je suis donc resté allongé sur la mousse au sol jusqu'à l'ouverture des services de l'hôpital.

Chapitre 4 : Le fauteuil roulant

Vers 08 heures du matin, deux infirmiers amènent un fauteuil roulant et m'y installent pour me conduire dans la chambre numéro 01, au rez-de-chaussée, où ils m'allongent au lit.

Alors commence l'ambiance de la vie d'hôpital ; un défilé plus ou moins régulier du corps médical, suivi de la perfusion, des piqûres, de la prise des médicaments buvables et du contrôle de la tension artérielle. Une infirmière apporte un pot pour mes besoins naturels qu'elle dépose au sol sous le fauteuil roulant. Ensuite vient le temps des visites de consolation de nos proches et, aussi des moments de solitude pesante que mon épouse mettait à profit pour se coucher, car les nuits elle se consacrait à la prière.

A un moment de la journée, pour la première fois depuis mon hospitalisation, j'ai eu besoin de me soulager et j'en ai fait part à Angèle. Elle prit le pot et le plaça sur le fauteuil roulant déjà ajusté contre le lit ; ensuite, elle me prit par les aisselles pour me soulever afin de m'installer sur le fauteuil roulant. Cette idée géniale devint une catastrophe. En effet, épuisée par la faim, la fatigue et le manque de sommeil, mon épouse ne parvint pas à soulever à bout de bras une masse inerte de plus de soixante quinze kilos.

Ce qui pouvait arriver arriva ; tiré par mon épouse, je cogne le fauteuil roulant qui la déséquilibre. Angèle s'affale au sol de tout son long sans me lâcher. En tombant, j'entraine à mon tour dans ma chute le fauteuil roulant qui se renverse en me cognant au dos. Le pot saute au sol carrelé avec fracas. Angèle se dégage mais, se plaint des douleurs au dos. S'étant rendue compte de son incapacité à me relever, elle fait appel aux infirmiers. A leur arrivée, les infirmiers me trouvent face contre sol, baignant dans le produit de mes besoins naturels, incapable de me débattre.

Depuis nos trente neuf ans de mariage, Angèle ne m'avait jamais vu sur un lit d'hôpital mais hélas, en si peu de temps, elle en voyait de toutes les couleurs ; la pauvre…c'est aussi çà l'amour dans un couple.

A partir de cet incident, Angèle eut la sagesse de ne plus se hasarder à me soulever seule. Elle appelait toujours de l'aide pour me coucher au lit ou pour me placer dans le fauteuil roulant. Pour le reste, elle poussait le fauteuil roulant d'un laboratoire à un autre telle une jeune maman avec la poussette de son bébé, ce fut cela notre vie au quotidien à l'hôpital.

Le dimanche à l'hôpital était une journée particulière. Alors que les visiteurs des autres jours de la semaine venaient aux nouvelles pour connaître l'évolution de ma santé et pour nous apporter de quoi nourrir le corps, ce qui par ailleurs nous aida beaucoup ; mais ceux de dimanche nous apportaient le thème de l'adoration du jour et l'exhortation à la prière.

Je me souviendrai toujours de la visite du couple José, un des vices présidents du symposium qui fut organisé en 2007 à Kinshasa par notre assemblée ; ce couple nous exhorta longuement sur l'histoire du roi Ezéchias dont j'ai déjà parlé au chapitre 2, dans la prière d'Angèle.

Je pense également à trois amies de mon épouse qui nous rendirent visite le même dimanche. Leurs conseils et leurs suggestions, loin d'être proches de la parole de Dieu, ils furent néanmoins un marteau qui brisa ma léthargie et déclencha en moi quelque chose de formidable, la reprise de conscience.

Couché face contre mur, j'écoutais la conversation de ces visiteuses sans les voir. L'une d'elles dit à ma femme : <<Ce qui est arrivé à ton mari est incurable, il est handicapé pour le reste de sa vie ; les séquelles de l'AVC sont irréversibles. Comme tu as des enfants à l'étranger, demande leur d'acheter un fauteuil roulant pour leur papa, cela vous sera très utile lorsque vous sortirez de l'hôpital>>.

En cette période post AVC, ma mémoire semblait fonctionner au ralenti, ma réflexion aussi. J'avais l'oubli facile des choses et la confusion des mots. Lorsque je voulais parler du fauteuil roulant, c'est le mot chariot qui sortait de ma bouche. Lorsque je demandais ma bible à Angèle, elle me répondait, de quel cahier s'agit-il ? De ma bouche sortait le mot cahier alors que mon cerveau avait commandé le mot bible. Parfois quand on me posait une question, je mettais un temps-mort avant de répondre ; temps nécessaire pour bien comprendre la question avant de formuler la réponse, même si la question ne nécessitait qu'une réponse par oui ou par non.

C'est ainsi que ce dimanche là, après avoir écouté la causerie de nos trois visiteuses, je suis resté à tourner et retourner les pensées dans ma tête au sujet de la suite à donner à ma vie. Pour la première fois depuis la sortie du coma, j'ai eu de la peine pour mon sort, pour l'avenir de ma famille et beaucoup de compassion pour ma femme. Face à toutes ces souffrances qu'Angèle endurait, il aurait même été préférable pour moi de mourir plutôt que de la voir souffrir come cela. Oui, elle avait réellement souffert dans sa chair et dans son âme ; mais ma mort n'aurait-elle pas occasionné plus de souffrance encore, atteignant aussi nos enfants !

Cette reprise de conscience du moi déclencha une sorte de libération de mon esprit et de mon âme. J'ai recommencé à penser ; penser à mon passé, à mon présent et à l'avenir de ma famille. Je redevenais un homme pensant, un homme réfléchissant. Dans mes réflexions, j'ai commencé à passer en revue ma vie depuis mon jeune âge dans la maison de mon père, jusqu'au moment fatidique où je me trouvais entre la vie et la mort. Dans mes pensées, je revivais de manière chronologique comme dans un film, les grandes étapes de ma vie ; mon enfance, ma période scolaire, ma carrière professionnelle, mes entreprises et, avec un accent particulier sur ma vie chrétienne qui du reste, constitue la matière de base de la deuxième partie de ce témoignage.

2 : Passage en revue de ma vie

Chapitre 5 : Ignorance de la parole de Dieu

Mon peuple est détruit, parce qu'il lui manque la connaissance. Puisque tu as rejeté la connaissance, je te rejetterai, et tu seras dépouillé de mon sacerdoce ; puisque tu as oublié la loi de ton Dieu, j'oublierai aussi tes enfants.

Osée 4 : 6

Mes pensées voltigent, je me souviens de mon village natal, de mes parents, de mes frères et sœurs et de mes camarades d'enfance. Mes parents ne connaissaient pas Dieu ; ils ignoraient Jésus Christ son fils bien aimé. Dans mon enfance, je n'avais jamais entendu citer le nom du Dieu d'Abraham dans la maison de mon père. Je ne l'ai entendu pour la première fois qu'à mon école primaire catholique du village où d'ailleurs, le nom de Jésus-Christ était superbement ignoré. Au moins le nom de Marie mère de Dieu m'était familier ; je l'invoquais plusieurs fois en dégrainant mon chapelet pour réciter la prière, en vu d'implorer la grâce de Dieu ou de m'acquitter d'une sanction disciplinaire m'infligée par le prêtre en guise de repentance.

Mes parents ont vécu une vie de souffrance morale et psychologique traumatisante à cause de la mortalité infantile élevée dans leur couple. Par obéissance à l'éducation traditionnelle qu'ils avaient reçue de la coutume de leurs ancêtres, ils cherchèrent la solution à leur souffrance dans les fétiches et mirent toute leur foi en des dieux des aïeux, les esprits des ancêtres et les totems.

Contrairement à ma mère qui accepta Jésus-Christ au soir de sa vie, mon père n'eut pas la même grâce de rencontrer la parole de vie. L'ignorance qui détruisit sa famille finit par avoir raison de lui ; il succomba suite à une paralysie brutale. Ce jour là, mon père cultivait dans son champ non loin de la maison familiale quand, subitement il chancela et tomba.

Les membres de sa famille accoururent pour le secourir. Ils le trouvèrent paralysé, le visage déformé, la bouche déportée d'un côté, incapable de parler. Ils le transportèrent à la maison où il resta sans traitement médical jusqu'au lendemain.

Le lendemain matin, mon père fut allongé dans sa couverture que l'on noua solidement du côté de la tête et des pieds à une planche de bois. Deux personnes la transportèrent, l'un devant et l'autre derrière. Talonnés par ma mère et certains membres de la famille de mon père, ils se dirigèrent vers l'hôpital le plus proche du village situé à une demi-journée de marche.

Avant leur départ, mon père me chercha du regard pour me parler mais n'y arrivant pas, il essaya de bouger avec peine un bras dans ma direction, le seul qui fonctionnait encore un peu. Un de mes oncles paternels interpréta cela pour moi : « Ton père voudrait que tu sois un homme courageux dans ta vie et que tu n'oublies pas ta mère, tes frères et tes sœurs ». Mon oncle avait-il deviné les pensées de mon père ? Avait-il dit n'importe quoi pour couper cours à tout ? Je n'en saurais jamais rien.

Comme des chasseurs transportant un gibier dans un hamac déambulant et tanguant au rythme de la cadence de leur marche, ils prirent la direction de l'hôpital. J'étais là debout, les yeux fixés sur la caravane qui s'éloignait à la file indienne, s'enfonça dans le sentier de la brousse et disparut. Ce fut la dernière fois que je voyais mon père.

Deux jours après, on ramena mon père à la maison transporté de la même manière que le jour de son départ ; mais cette fois, il était enroulé complètement dans sa couverture, de sorte que je ne pouvais même pas voir sa figure. De lui, je ne voyais que la forme humaine inerte que donnait le hamac déposé sur lit de mes parents, que l'on avait sorti dehors pour la circonstance. Je voulus m'approcher de l'hamac pour voir mon père de plus près ; hélas, je fus éloigné sans ménagement par un oncle paternel. Par la même occasion, cet oncle ordonna aux autres membres de la famille de ne pas laisser les enfants s'approcher du cadavre.

Cadavre!..., pour la première fois je venais d'entendre un autre nom de mon père, << Cadavre>>.

Et puis j'entends du bruit au loin comme des chants ; en tendant bien l'oreille..., ce ne sont pas des chants, mais des pleurs....oui des pleurs.

Enfin j'aperçois au loin un groupe des femmes torses nus en pleurs ; elles soutenaient à bout de bras ma mère, elle aussi en pleurs et torse nu, fatiguée par la marche et la faim.

Du haut de mes neuf ans d'âge je m'affaisse ; le nom cadavre prit forme dans mon esprit. Je pris conscience que mon père n'est plus, il est mort.

Mon père avait mis toute sa foi dans les esprits de ses ancêtres. Il leur offrait beaucoup des sacrifices ; notamment des coqs, des chèvres et des produits du champ. Mais malgré tout cela, il mourut avant même d'atteindre soixante ans d'âge. Après sa mort, nous sommes restés quatre enfants chez ma mère, mes deux grandes sœurs, mon petit frère et moi.

L'ainée de mes sœurs trouva la mort dans la guerre civile au Katanga, pour le seul motif qu'elle n'y était pas originaire. Elle laissa son mari dans les geôles des indépendantistes katangais, et ses enfants en bas âge, abandonnés à eux-mêmes dans la foire, un camp où l'ONU regroupait les refugiés d'origine kasaienne refoulés de ce qui fut état indépendant du Katanga.

Ma deuxième sœur, devenue veuve jeune, accepta Jésus-Christ et reçut le baptême dans une église de réveil mais qui ne prônait pas le combat spirituel, ou du moins ne l'enseignait pas, et donc ne le mettait pas en pratique. Et pourtant, les saintes écritures nous le recommandent dans plusieurs passages, notamment dans l'épitre de Paul aux Ephésiens qui dit :

> Au reste, fortifiez-vous dans le Seigneur, et par sa force toute puissante. Revêtez-vous de toutes les armes de Dieu, afin de pouvoir tenir ferme contre les ruses du diable. Car nous n'avons pas à lutter contre la chair et le sang, mais contre les dominations, contre les autorités, contre les princes de ce monde de ténèbres, contre les esprits méchants dans les lieux célestes. C'est pourquoi, prenez toutes les armes de Dieu, afin de pouvoir résister dans les mauvais jours, et tenir ferme après avoir tout surmonté.
>
> Ephésiens 6 : 10-13

Un dimanche, alors que ma sœur était en prière dans leur église, les liens de mort de la famille de mon père frappèrent à sa porte. Elle était à genoux, accoudée à un banc entrain de prier. Lorsque le culte fut terminé et que tout le monde se levait pour sortir de l'église, ma grande sœur restait sans bouger. Une de ses amies la secoua pour l'inviter à arrêter la prière afin de partir. Hélas, ce fut un corps sans vie qui s'écroula au sol dans l'église ! Encore un cadavre ; ma sœur fut enterrée à l'âge de cinquante trois ans.

Mon petit frère fut magistrat ; il s'adonna pleinement aux sciences occultes. Un jour, il était assis dans son canapé chez lui entrain de suivre un programme à la télévision. Il s'écroula brusquement de son canapé et tomba paralysé ; ne pouvant ni parler ni marcher. Il mourut quelques jours après sa paralysie, à cinquante cinq ans.

Quant à moi, j'ai commencé mes études à l'école primaire catholique de mon village. A la fin du cycle primaire, j'obtins mon certificat et je fus choisi pour poursuivre mes études à l'école Catholique Saint Ambroise de Kabinda au Kasaï.

A la fin de l'année préparatoire, les guerres tribales éclatèrent dans plusieurs villes du pays. Elles étaient dues à l'intolérance et au tribalisme qui avaient marqué les premières élections politiques de l'état indépendant du Congo. Comme tous les non-originaires, je dus fuir l'internat pour rejoindre ma tribu dans mon territoire d'origine où il n'y avait malheureusement pas d'école secondaire. Après avoir passé une année blanche, je fus inscrit à l'Athénée de Mbuji-Mayi, une école laïque qui venait d'être ouverte.

A partir de là, j'ai conduit ma vie d'élève à l'athénée, d'étudiant en sciences chimiques à l'université officielle du Congo, de technicien supérieur de recherche au centre nucléaire et, plus tard de chef d'entreprises, dans l'ignorance totale de la parole de Dieu. J'ai grandi et évolué dans un environnement plutôt athée, non propice à la parole de vie. C'est dans ces conditions, dans un tel état d'esprit que ma femme demanda mon accord pour assister à une manifestation chrétienne appelée symposium, organisé à l'esplanade du Palais du peuple de Kinshasa par un groupe des femmes.

Je me souviens avoir fait des critiques déplaisantes au sujet de la religion et de Dieu ; mais malgré cela, j'ai laissé ma femme participer à ce symposium puisque, me dis-je, elle a besoin de changer d'air, de se divertir entre femmes. Quelques jours après le début du symposium, j'ai eu à effectuer un voyage d'affaires à l'étranger. Une fois arrivé, mes démarches prévues pour trois semaines se compliquèrent à tel point que je dus proroger mon séjour jusqu'à trois mois.

Mon absence à la maison donna à ma femme plus de liberté et de temps. Elle s'engagea avec quiétude à toutes les activités spirituelles organisées au sein du même groupe des femmes qui avaient organisé le symposium.

A mon retour du voyage, je n'étais plus un obstacle pour sa prière. Je la laissais gentiment suivre son programme, sans la critiquer et sans la décourager.

Des mois passaient, mon épouse poursuivait sans relâche ses affermissements, assistait à l'adoration de dimanche et à certaines séances de prière dans la semaine. Cela ne me dérangeait plus du tout ; malgré cela, le dialogue au foyer tournait autour de plusieurs sujets excepté celui de la parole de Dieu.

Chapitre 6 : Ma rencontre avec Jésus-Christ

J'ai exaucé ceux qui ne demandaient rien, je me suis laissé trouver par ceux qui ne me cherchaient pas ; j'ai dit : Me voici, me voici ! A une nation qui ne s'appelait pas de mon nom. J'ai tendu mes mains tous les jours vers un peuple rebelle, qui marche dans une voie mauvaise, au gré de ses pensées ;

Esaïe 65 : 1-2

Un soir du samedi 21 octobre 1995, ma femme me tint un discours qui troubla ma paix, dissipa la joie que j'avais d'être heureux dans ma famille. Se retrouver entouré des siens dans sa famille après des semaines, voire des mois de voyage est une joie immense. Mais ce soir là, cette joie était gâchée par le discours de ma femme. Ce qu'elle me dit n'était ni réellement fâcheux ni même tout à fait cruel, néanmoins cela affecta ma gaieté, et le sourire disparu de mon visage. En fait elle me dit : « Tu as bien fait de me laisser aller à la prière. Je prie pour moi, pour toi et pour nos enfants. Mes amies vont à ces séances de prière accompagnées de leurs époux ; moi j'y vais toujours seule. Ne sait-on jamais, quelqu'un me voyant toujours seule, peut fomenter des projets dans son cœur pour me baratiner, pour chercher à me séduire.

Ne peux-tu pas venir avec moi ne fut ce qu'une fois pour que l'on sache que je suis mariée et, te rendre compte par la même occasion si les séances de prières et la formation que l'on nous donne sont utiles pour l'épanouissement de notre famille. A deux, toi et moi, nous pouvons assister à quelques enseignements et séances de prière et tirer des conclusions qui s'imposent ; au lieu de me laisser aller à l'aveuglette à quelque chose que tu ignores toi-même ».

J'étais troublé, malgré la dissimulation de mon trouble, j'ai manqué de réponse à donner à ma femme. Au fond de moi se bousculaient des questions auxquelles je ne pouvais pas donner des réponses non plus.

Cette remarque digne d'un parent ou d'un ami me prévenant d'un éventuel risque qu'encourait mon couple, venait de mon épouse elle-même ! Je n'ai pas pu donner suite à la préoccupation de ma femme ; plusieurs questions me troublaient, je n'eus pas un sommeil reposant. J'analysais les paroles de ma femme, je me dis que si elle a parlé d'un séducteur éventuel, il y a de quoi penser qu'il existe réellement. Je pris la décision cette nuit là d'aller assister à la prière pour voir à quoi elle ressemble et, en profiter pour tenter de surprendre l'éventuel séducteur s'il existe.

Dans mon jeune âge, j'allais à la messe du dimanche avec mon chapelet pour prier mais cette fois, je n'allais pas pour prier, j'étais en service commandé.

J'allais dans ce lieu pour espionner mon épouse, pour m'éclairer sur son histoire d'un éventuel séducteur. Ma femme avait provoqué en moi une folle jalousie qui me poussait à aller identifier et traquer cet hypothétique malfrat. Le dimanche matin, je me suis apprêté sans rien dire à ma femme. Juste au moment où elle me dit au revoir comme d'habitude avant d'aller à la prière et là, sans tarder je rentre dans la chambre, le temps de porter mes chaussures et ma veste, me voilà prêt pour l'accompagner à la prière. Je voulais créer ainsi un effet de surprise mais, malheureusement Angèle ne me semblait pas du tout surprise ; elle se comportait comme si elle s'y attendait.

L'assemblée de prière se tenait dans le jardin botanique de Kinshasa, communément appelé Parc. Il y avait un monde tel qu'aucune salle de Kinshasa ne pouvait contenir ; c'est peut-être la raison pour laquelle elle se tenait à l'air libre.

A l'entrée du Parc, une jeune fille du service de protocole dont je me souviens encore le nom ; Valence Fuamba, nous accueille et nous conduit à l'endroit qu'elle avait jugé bon de nous installer. Pendant notre trajet à travers l'immense foule des croyants, mon épouse voulait marcher à mes cotés mais moi, devant jouer mon rôle d'espion, je me détachais d'elle et restais en retrait pour guetter ses mouvements et gestes. Dans ces conditions, voyant sa proie seule comme d'habitude, le séducteur se trahirait par un geste, un clin d'œil ou même l'accosterait carrément.

Valence nous installa dans un groupe particulier, juste derrière les responsables de l'assemblée, mais en ce temps là je ne savais pas. Une fois assis, je cherchais à connaître mieux le milieu où je me trouvais. Non loin de moi je vois le visage d'un homme politique bien connu, avocat et professeur d'université.

45

Sur le podium, le modérateur de la réunion du jour est un haut cadre chez le concessionnaire italien de marque FIAT. Les communiqués pendant et après le culte sont donnés par un médecin de l'hôpital général de Kinshasa. Je reconnais beaucoup des visages.

Il y a beaucoup des femmes, des hommes et des jeunes gens, tous gentils et humbles. Cela me perturbe à l'idée que j'espionne ma femme dans ce milieu, alors que je ne l'avais jamais fait auparavant, même quand je l'amenais au cinéma ou au restaurant.

Chaque dimanche après midi, cette assemblée de Dieu organisait un culte d'adoration de son Dieu ; mais le dimanche 22 octobre 1995, il y avait dans l'immense foule des membres, quelques personnes dont moi, venues pour leur première fois. La plupart d'entre elles venaient des églises pour expérimenter le message du combat spirituel. Par contre moi je ne venais d'aucune église, je n'étais là ni pour prier ni pour expérimenter quoique çà soit ; d'ailleurs je ne savais pas prier du tout. Les notions de catéchèse et les prières de « Je vous salue Marie et Notre Père » apprises à l'école primaire, avaient disparues de ma mémoire depuis longtemps. J'étais là parce que ma jalousie avait fait de moi son esclave et j'étais à son service.

Au moment de la prière d'adoration proprement dite, je suis resté les yeux grandement ouverts, observant les gens qui priaient de drôle de manière ; à haute voix et à genoux pendant des temps interminables. Chacun priait à sa manière sans prêter attention à son voisin.

J'en voyais qui s'allongeaient à même la terre, gémissant, pleurant ..., je ne comprenais rien du tout. J'avais devant moi un spectacle indescriptible. Des milliers des gens de toutes les catégories sociales ; du pauvre chômeur aux nantis de la hiérarchie politique et militaire ; du misérable analphabète au professeur d'université, tous monologuaient, parlaient et criaient à leur Seigneur Jésus-Christ comme s'il était là devant eux.

Au fil de mon observation, j'ai oublié le but de mon passage dans cette assemblée, celui d'espionner mon épouse qui elle, en ce moment là, avait fait abstraction de ma présence, priait et invoquait le nom de Jésus-Christ.

Au sortir de cette adoration, je me suis senti diminué et ridicule d'avoir eu des pensées négatives à l'endroit de ma femme et surtout, de constater que des personnalités publiques respectables, des personnes élevées en dignité dans toutes les branches de la société, venaient se prosterner devant un Dieu que moi je banalisais, je blasphémais son nom à longueur des journées.

Depuis la dernière messe en latin à laquelle j'avais assisté le jour de la clôture de mes études primaires, je n'avais jamais rien vu de pareil ; tout était drôle et étrange pour moi. Un des points qui attirèrent mon attention fut le sérieux avec lequel chaque membre de l'assemblée invoquait Dieu dans sa prière.

Nous sommes rentrés à la maison sans échanger un seul mot au sujet de la prière. Je n'ai fait aucun commentaire, aucune critique, aucun jugement sur ce que je venais de vivre, j'étais perplexe.

Chapitre 7 : Mes premiers pas en Christ.

Le cœur de l'homme médite sa voie, mais c'est l'Eternel qui dirige ses pas.

Proverbe16 : 9

A la fin du culte d'adoration, il y a eu la lecture des communiqués parmi lesquels un seul retint mon attention :<< Une séance de prière est organisée pour les nouveaux membres chaque jeudi à partir de 16h00, au même endroit >>.

Je me dis que c'est là qu'il faut que j'aille pour mieux comprendre ce cirque, d'autant plus que mon bureau se trouvait à quelques minutes de marche du lieu de prière. Sans informé mon épouse, je me rendrais à ma première réunion de prière, plein de curiosité pour essayer de comprendre la cause de l'engouement que suscitait le message du combat spirituel.

Depuis lors, chaque jeudi après mon travail, je me rendais au lieu du culte des nouveaux pour prier. Quelques mois après le début de ma fréquentation, la réunion des nouveaux changea d'adresse et se mua en une classe d'affermissement.

Les formateurs nous exhortaient souvent à mettre en pratique la parole de Dieu qu'ils nous enseignaient ; à prier avec foi pour expérimenter l'amour infini de

Dieu par son fils Jésus-Christ. C'est ainsi que j'ai pris goût à la prière et j'ai fini par accepté Jésus-Christ dans ma vie.

Certains nouveaux parmi nous commencèrent à témoigner les victoires que Dieu avait faites dans leur vie. Lorsqu'ils témoignaient, ils disaient souvent : Dieu a exaucé ma prière, Dieu m'a parlé, Il m'a dit,… etc.

Quant à moi, je me demandais comment Dieu peut-il lui parler ? Comment a-t-il exaucé sa prière ? Tout cela commençait à ébranler la foi du bébé spirituel que j'étais ; une foi qui germait à peine était secouée par des affirmations un peu gratuites selon moi, farfelues à mes yeux.

J'avais du mal à croire à ces témoignages d'autant plus que je ne connaissais pas personnellement ceux qui témoignaient. Malgré tout, j'ai continué à suivre les enseignements, à prier et à rechercher la foi en Dieu, selon les conseils de nos formateurs.

Quelques années avant la période de conjoncture économique difficile que traversait notre pays à cause des pillages, nous avions créé, à trois personnes, une société d'import et vente des produits chimiques et matériels de laboratoire. Cette société connut une période de prospérité. Elle payait de manière régulière des salaires à son personnel et des dividendes aux associés jusqu'à la veille de la crise politique entre la communauté internationale et le gouvernement de l'époque. Cette crise fut à la base de la rupture de la coopération bilatérale entre le Zaïre et la Belgique. Ce qui provoqua le départ des coopérants étrangers, essentiellement belges. Or, la plupart des laboratoires des grands hôpitaux, des entreprises textiles, des universités, des industries minières et des cimenteries étaient financés en grande partie par cette coopération et gérés par les coopérants belges.

Le départ du pays de ces coopérants provoqua une diminution significative des activités des plusieurs laboratoires qui étaient clients de notre entreprise. Les commandes de notre entreprise devinrent rares, les factures difficilement honorées. Notre jeune société fut asphyxiée ; elle n'était plus capable d'assurer les dividendes aux associés.

Je pris alors la décision de créer une entreprise dans le domaine de fret aérien, tout en restant associé à la première. Au moment où j'ai accepté Jésus-Christ, cette nouvelle entreprise totalisait déjà huit mois d'existence. Malgré ces huit mois, elle n'avait jamais fourni aux compagnies partenaires un stock de fret atteignant une demi-tonne par semaine. A cause de cela, mon entreprise n'était pas considérée comme une agence viable auprès des sociétés partenaires. Par conséquent, elle n'avait pas droit aux avantages accordés aux agences de sous-traitance pour leur émulation.

Ces avantages étaient notamment les billets de convoyage que l'on accordait à raison d'un billet pour cinq tonnes de fret fournies par semaine. Le produit de la vente de ces billets permettait à l'agence de fret de subvenir aux divers frais de son fonctionnement.

Depuis sa création, mon agence n'avait jamais bénéficié d'un avantage de ce genre ; elle fonctionnait uniquement avec mes fonds propres. Mais, au bout d'un temps, toutes mes ressources s'épuisèrent, les caisses étaient à sec. Dans ce pays en proie aux pillages, il n'y avait aucune possibilité de solliciter un crédit, si petit soit-il. Il me fallait malgré tout chercher d'autres voix et moyens pour sauver mon entreprise.

Je pris alors la décision de solliciter un prêt en nature auprès de la compagnie aérienne à qui je fournissais du fret. Je suis parti à la direction générale de cette compagnie pour solliciter un billet convoyage.

J'ai demandé l'audience et fus reçu comme tout client par le Directeur Général. Après m'avoir entendu, il m'envoya chez son Directeur commercial. Ce dernier vérifia minutieusement les stocks du fret fourni par mon agence puis il me dit, avec raison d'ailleurs, que mon entreprise ne mérite même pas d'être considérée comme une agence de fret. Il y a des particuliers qui fournissent beaucoup plus de fret que mon agence et qui n'ont pas droit aux avantages que je sollicite.

En fait, ma demande était d'obtenir un crédit d'un billet par semaine, remboursable dès que mon agence serait à mesure de fournir suffisamment de fret. Mais, le directeur commercial ne voulut pas en entendre parler. Bien que confus, je suis sorti de son bureau non avec découragement, au contraire, j'étais plein de courage et de détermination pour trouver coûte que coûte une solution afin de sauver mon agence.

Ma première expérience avec Dieu

La caisse de l'entreprise était vide, les travailleurs ne recevaient plus les frais de transport ; ils se débrouillaient pour rejoindre le lieu de travail. Mon entreprise sombrait lentement mais sûrement par manque de frais de fonctionnement. N'ayant plus d'autres choix, j'ai pris la décision de mettre Dieu à l'épreuve en sollicitant son intervention dans le dossier de billet de convoyage. C'était mon dernier et unique espoir pour éviter la faillite de mon agence. Avant de faire ma demande à Dieu, il me fallait être sûr que je lui appartiens, que je suis son enfant comme il est écrit dans l'Evangile selon Jean :

Mais à tous ceux qui l'ont reçue, à ceux qui croient en son nom, elle a donné le pouvoir de devenir enfants de Dieu, lesquels sont nés, non du sang, ni de la volonté de la chair, ni de la volonté de l'homme, mais de Dieu.

Jean 1 : 12-13

Au début des affermissements, nous nous étions engagés en toute liberté, dans une prière solennelle, à accepter Jésus-Christ comme Seigneur et Sauveur et à croire en sa parole. Ceci étant, il me fallait ensuite rechercher la sanctification qui nous rapproche de Dieu tel qu'il est écris dans l'Epitre aux Hébreux :

Recherchez la paix avec tous et la sanctification, sans laquelle personne ne verra le Seigneur.

Hébreux 12 : 14

La recherche de la sanctification nous conduit à une repentance sincère selon la première Epitre de Jean :

Si nous confessons nos péchés, il est fidèle et juste pour nous les pardonner et pour nous purifier de toute iniquité. Si nous disons que nous n'avons pas péché, nous le faisons menteur et sa parole n'est point en nous.

1Jean 1 : 9-10

Enfin, soumettre ma requête au Seigneur par la prière, comme nous l'enseigne sa parole dans l'Evangile de Matthieu :

Tout ce que vous demanderez avec foi par la prière, vous le recevrez

Matthieu 21 : 22

Pour se faire, j'ai décidé d'entrer en jeûne et prière de repentance de trois jours. Ce fut pour moi la première fois de ma vie que je faisais un jeûne sec, c'est-à-dire sans manger sans boire pendant trois jours de prières, renonçant à mes péchés avant de soumettre ma requête à Dieu.

Pendant le premier jour de jeûne, j'avais assez de force et de courage pour me mettre à genoux afin de prier. Le deuxième jour fut beaucoup pénible que le premier ; j'avais faim et soif, j'étais fatigué, essoufflé, incapable de m'agenouiller et de prier. Mais lorsque je pensais à la situation de mon entreprise qui allait droit vers son extinction, je redoublais d'effort pour crier à Dieu malgré la faim, la soif et la fatigue. Le troisième jour fut assez supportable que le second.

Une fois mon programme de prière terminé, je me suis apprêté pour retourner à la direction générale de la compagnie de transport aérien où j'étais une semaine auparavant.

J'avais perdu du poids, ma bouche était sèche et collante ; malgré tout cela, je me suis présenté à la réception. J'ai rempli la demande d'audience et je suis allé m'installer dans la salle d'attente. Une dizaine des personnes s'y était déjà installée. Quelques instants après, la secrétaire qui avait amené mon papier d'audience vint et m'invita à la suivre. Cela provoqua l'indignation et la rouspétance de ceux qui étaient là avant moi. Pour toute réponse, la secrétaire leur dit qu'on reçoit en priorité les chefs d'entreprises.

Cette réponse m'avait surpris parce que, une semaine plutôt j'avais demandé l'audience de la même manière mais j'avais été reçu comme n'importe quel client. J'ai compris que quelque chose avait changé en moi. Je fus reçu par le Directeur Général qui, cette fois après m'avoir entendu, appela le Directeur Commercial dans son bureau et lui donna des instructions à mon sujet en ces termes :

<< Faites établir un billet convoyage pour ce chef d'entreprise et apportez-le moi pour signature >>. Je suis sorti ce jour là du bureau du Directeur Général avec le premier billet convoyage pour mon agence, après avoir bien causé avec lui autour d'une tasse de café et des biscuits.

Ce fut ma première victoire dans le Seigneur et la plus importante. Non pas seulement parce qu'elle pouvait débloquer la situation de mon entreprise, mais surtout, elle m'avait permis de fortifier ma foi en Dieu et de croire à la présence de son fils Jésus-Christ dans nos vies de tous les jours, même dans des petites choses comme le billet de voyage. J'ai alors vu et compris comment Dieu exauce la prière de ses enfants. Ainsi je pouvais moi aussi témoigner les merveilles de notre Seigneur Jésus-Christ.

Ma deuxième expérience avec Dieu

Dieu parle-t-il encore de nos jours à ses oints ? Communique-t-il avec ceux qui le servent, avec ceux qui croient en lui ? Dans l'expérience précédente, ma prière a été exaucée par Dieu sans que j'aie une manifestation ou une communication de quelque nature que ça. Je ne cessais de me demander si Dieu communique encore avec les humains comme aux temps anciens, à en croire les saintes écritures.

Le dimanche 11 décembre 1995, mon deuxième mois dans l'assemblée de Dieu, l'orateur du jour annonça au cours de sa prédication que : << Dieu nous demande de prier beaucoup durant ce mois de décembre car, le diable a planifié un projet de massacres. Il a projeté de faire couler le sang en abondance dans notre pays en cette fin d'année >>.

Suite à cette prophétie, le comité des responsables de l'assemblée programma un jeûne de 21 jours durant lequel, nous devrions nous abstenir des mets délicieux et des plats lourds. Par contre privilégier un régime alimentaire léger ; à base des légumes, des fruits et des liquides. Nous adonner à des prières intenses afin de combattre le monde des ténèbres et son esprit de mort lâché dans notre pays.

Mon épouse et moi avions adhéré sans broncher à ce programme de prière. Cela déplut à nos proches qui découvrirent par la même occasion que nous étions devenus membres d'une assemblée chrétienne qui prône le combat spirituel. Ils ne tardèrent pas à nous manifester leur désapprobation par des critiques et des humiliations de toutes sortes. Malgré tout cela, nous avions bouché nos oreilles et avions continué notre vie de prière comme si de rien n'était.

La clôture du programme de jeûne et prière coïncidait avec l'adoration du dimanche et les réjouissances de la Bonne Année 1996. Le prédicateur du jour, celui-là même qui avait prédit le projet machiavélique du diable dans le pays, nous annonça que le programme de prière était prorogé d'une semaine. Par conséquent, sa clôture était reportée au dimanche 07 janvier, puisque dit-il : Selon les nouvelles instructions de Dieu, le monde des ténèbres n'avait pas lâché prise. Le diable avait plutôt repoussé son projet de massacres en l'année nouvelle.

Ce report provoqua des murmures et des attitudes de mécontentement ; le refus d'obtempérer et les cris de désapprobation fusèrent de tout côté dans la foule.

En effet, les bons repas étaient déjà apprêtés avant d'aller à la prière, laquelle se terminait souvent tard lors des manifestations de fin d'année. Alors demander aux gens de ne pas manger ce qu'ils avaient apprêté pour la fête de Bonne Année et pour la fin du programme de prière était un pari assez risqué.

Pour les responsables de l'assemblée, la clôture du programme de jeûne et prières eu lieu le dimanche 07 janvier ; mais en coulisses, chacun l'avait déjà faite une semaine plutôt, dans la désobéissance totale aux instructions données. Le lendemain de la clôture fut et restera un jour de triste mémoire dans les esprits de beaucoup des familles dans tout le Zaire (RD Congo) en général et plus particulièrement à Kinshasa. Ce fut le début d'une série d'accidents mortels, des crashs d'avions, des naufrages des bateaux et des massacres que le pays n'avait jamais connus.

Ce lundi 08 janvier vers 10h30, un avion cargo décolle de l'aéroport de Ndolo ; il rate son décollage et s'en va terminer sa course dans le marché type K de

Kinshasa ; rasant tout sur son passage dans le sens de la longueur du marché, comme s'il était programmé pour tuer un plus grand nombre des personnes.

On dénombra sur le champ plus de six cents morts, sans compter les disparus, notamment les enfants de rue appelés Sheké qui, chaque jour sillonnaient les marchés pour se nourrir en faisant les poches aux passants, en pratiquant le vol à la tir ou en fouillant les poubelles ; sans oublier plusieurs centaines des blessés graves et des mutilés devenus handicapés pour le reste de leur vie. Dans la même semaine, un véhicule de transport en commun communément appelé Fula-fula, avec à son bord plus de cents passagers, alla lui aussi terminer sa course dans le ruisseau Kalamu au niveau du pont de la première rue Limete. Hormis deux rescapés, tous les autres passagers périrent sur le coup, y compris le chauffeur.

Vers la fin de la semaine, un taxi bus de marque V.W. se jeta à son tour dans la rivière au niveau du Pont N'djili avec à bord une vingtaine des passagers qui périrent tous. Le grave accident mortel d'un véhicule de transport des voyageurs sur la route de Bandundu, le naufrage dans le lac Tanganika d'un bateau surchargé des passagers et la guerre de la rébellion AFDL qui fit plusieurs millions des morts au Nord-Kivu vinrent s'ajouter à cette longue liste macabre. Effectivement, en cette année là, beaucoup de sang avait coulé tant dans la ville de Kinshasa qu'à travers tout le pays tel qu'il avait été annoncé à l'avance par le prédicateur.

Par cette deuxième expérience, j'ai admis que l'Eternel Dieu parle encore de nos jours à ses oints, à ses serviteurs. Ma foi s'affirmait de jour en jour par les enseignements que je suivais, par les témoignages de mes collègues de promotion et aussi par la vie de prière que nous avions instaurée dans notre maison.

Ma troisième expérience avec Dieu

Une autre préoccupation demeurait encore en moi ; celle de savoir comment l'Eternel Dieu communique-t-il, comment parle-t-il à ses oints, à ses enfants ? De quelle manière cela se fait-il ?

L'injection ponctuelle des frais de fonctionnement provenant de la vente des billets de convoyage freina la faillite de mon entreprise. Mais le creux budgétaire était si profond que les activités de l'entreprise ne se relancèrent pas ; l'entreprise continuait à tourner au ralenti. Alors je me dis, ce Dieu qui avait exaucé ma prière pour le déblocage du dossier billet d'avion, ne peut-il pas faire de même si je lui demandais le développement de mon entreprise ?

J'ai résolu de recourir encore à lui, cette fois en associant mon épouse dans mon nouveau programme de prière, selon la promesse du Seigneur Jésus-Christ ci-dessous.

Je vous dis encore que, si deux d'entre vous s'accordent sur la terre pour demander une chose quelconque, elle leur sera accordée par mon père qui est dans les cieux. Car là ou deux ou trois sont assemblés en mon nom, je suis au milieu d'eux.

Matthieu 18 : 19-20

Nous avions mis en prière notre requête pour que le Seigneur Jésus-Christ daigne bénir notre entreprise. Pendant toute la durée de notre programme de prière, nous n'avions reçu aucun songe, aucune révélation de Dieu de quelque forme que ça soit.

Les jours et les semaines passaient, notre requête n'était plus une préoccupation dans nos pensées, nous l'avions même oubliée. Mais un matin, ma femme me dit qu'elle a eu un songe dans son sommeil. Dans ce songe elle a vu beaucoup des gens accourant vers un véhicule de type Jeep, au dessus duquel était installé un haut-parleur. Cette jeep parcourait les rues et les avenues en utilisant son haut-parleur pour faire la publicité de notre entreprise. Pour moi, ce n'était qu'un songe comme un autre ; en ce temps là, je ne pouvais pas établir une quelconque relation entre notre sujet de prière et le songe de mon épouse. Je pensais que si Dieu communique, lorsqu'il parle à quelqu'un, cela devrait être beaucoup plus surnaturel qu'un simple petit songe qui est d'ailleurs arrivé bien après notre période de prière.

A cette époque, à cause du crash d'avion de triste mémoire, le gouvernement avait pris des mesures de suspension des vols domestiques des avions cargos, petits ou gros porteurs au départ comme à l'arrivée dans la ville de Kinshasa.

Les agences ne pouvaient plus expédier à destination leur stock de fret aérien ; elles continuaient néanmoins à réceptionner régulièrement des colis de leurs clients. Ainsi, les colis de fret s'accumulaient de plus en plus dans les entrepôts des agences à Kinshasa.

Pendant ce temps à Mbuji-Mayi, ville de destination du fret, la rareté des articles de consommation courante commençait petit à petit à gagner les agglomérations, les villages et les localités environnantes.

A cette période, je pris un taxi pour rejoindre mon bureau ; cherchant à éviter le bouchon sur le boulevard Lumumba au niveau de la première rue Limete, le chauffeur du taxi emprunta l'avenue Funa. Mais avant de déboucher sur l'aéroport de Ndolo, je vis des affiches publicitaires collées aux murs le long de l'avenue Funa. Une nouvelle compagnie de transport aérien.

Un peu plus loin, j'aperçus un attroupement, des chômeurs à la recherche du travail devant l'entrée d'une grande concession. Je fis arrêter le taximan, je réglai ma course pour libérer le taxi ; ensuite je suis allé visiter cette nouvelle compagnie. Ma qualité de chef d'entreprise de fret aérien me facilita l'accès dans les installations de la nouvelle compagnie. J'eus même l'occasion d'être reçu par le Directeur Commercial. Dans l'entretien que j'eus avec ce dernier, il m'informa du programme des vols cargos que sa compagnie allait effectuer dès le lendemain. Il venait d'obtenir une dérogation du gouvernement l'autorisant à effectuer des vols cargos pour acheminer du matériel de la Miba (une société minière du portefeuille de l'état) à Mbuji-Mayi.

Sur le champ, je négocie pour mon fret ; le Directeur commercial accepte ma demande, à la condition de payer cash le premier chargement, tandis que le payement des chargements ultérieurs serait négocié en mode de payement différé. Tout cela m'allait comme un gant. Si cette démarche aboutissait, me dis-je, j'avais une longueur d'avance sur mes concurrents. J'ai donné toutes les coordonnées de mon dépôt au directeur commercial. Le même jour au soir mon fret était acheminé à l'entrepôt du transporteur, pesé et sa facture payée cash. En fait, il était plus facile de payer cash la facture de mes quatre cents kilos de fret, plutôt que des dizaines des tonnes de fret de mes grands concurrents qui, du reste, ignoraient l'existence de la nouvelle société de transport aérien. Et donc, ils n'avaient pas d'informations concernant la dérogation qui autorisait une compagnie aérienne à effectuer des vols cargos vers Mbuji-Mayi, pendant la période de suspension décrétée par le gouvernement.

Au fait Mbuji-Mayi, le chef-lieu de Kasaï Oriental est une province enclavée au centre de la République Démocratique du Congo. Elle n'a des contacts avec les autres grandes villes du pays que par la voie des airs car, d'une part le réseau routier est inexistant et d'autre part, la distance qui la sépare de ces autres grandes villes dépasse généralement milles kilomètres.

La suspension des vols d'avions cargos y était vécue comme une punition, un véritable calvaire. La ville était coupée du monde ; les magasins, les boutiques, les pharmacies, les marchés et les alimentations n'étant plus ravitaillés, ils se vidaient de jour en jour. Cette rareté provoqua une hausse vertigineuse des prix dans toute la province. C'est en ce moment là que, depuis la suspension, le premier cargo à atterrir à l'aéroport de Mbuji-Mayi déchargea, hormis le matériel de la Miba, le fret de mon agence.

Dans cette ville composée à quatre vingt pourcents des commerçants, l'arrivée du fret de mon entreprise fit l'effet d'une véritable bombe. La nouvelle se répandit comme une trainée de poudre lorsque mes clients vinrent retirer leurs colis. Ils étaient tout heureux de recevoir afin leurs marchandises après plusieurs semaines de crise. Plusieurs commerçants résilièrent les contrats avec leurs agences habituelles pour s'affilier à la mienne ; si bien qu'au deuxième envoi de fret qui survint deux jours après, je fournis plus de trois tonnes de fret à mon nouveau transporteur.

Lorsque la suspension des vols cargos fut levée, mon entreprise était déjà comptée parmi les grandes agences de fret du pays, fournissant chaque semaine plus de trente tonnes de fret aux transporteurs aériens et bénéficiant en retour de six billets convoyages. Le nombre des travailleurs de mon entreprise passa de six à plus de vingt cinq unités.

Compte tenu de cette expansion de nos activités, je fis un voyage à Mbuji-Mayi pour y chercher un entrepôt adapté à la nouvelle taille de l'agence. Une fois arrivé au bureau de la succursale de mon agence, j'écoutais avec sourire les agents exaltant leur joie pour l'évolution fulgurante de l'entreprise ; d'autres rigolant de la situation d'antan et, sur ces entrefaites, le Directeur de la succursale me dit : << Hier un de nos concurrents était avec moi à l'aéroport au moment du déchargement de fret des agences. Lorsqu'il a vu le tonnage du fret de notre agence sur le tarmac, il était tout étonné et il a dit : La main de Dieu est dans cette agence>>.

Mon Directeur ne pouvait savoir qu'il venait de faire tomber les écailles de mes yeux. Par cette phrase prononcée innocemment par un concurrent que je n'avais jamais côtoyé, j'ai réalisé que nos prières avaient été exaucées sans que je ne m'en soie rendu compte. La publicité gratuite que mon épouse avait vue en songe s'étant parfaitement accomplie, j'ai ainsi expérimenté la parole de Dieu selon laquelle :

Dieu parle cependant, tantôt d'une manière, tantôt d'une autre, et l'on n'y prend point garde. Il parle par des songes, par des visions nocturnes, quand les hommes sont livrés à un profond sommeil, quand ils sont endormis sur leur couche. Alors il leur donne des avertissements et met le sceau à ses instructions, afin de détourner l'homme du mal et de le préserver de l'orgueil, afin de garantir son âme de la fosse et sa vie des coups du glaive.

Job 33 : 14-18

Par cette expérience, j'ai compris de quelle manière Dieu parle à ses enfants. Pour notre cas, c'est par le songe qu'il avait répondu à notre demande mais nous n'avions pas compris son langage car nous étions des bébés spirituels.

C'est pourquoi il est nécessaire d'être enseigné, d'être affermis pour grandir spirituellement ; c'est alors qu'on saura marcher dans la voie du Seigneur, qu'on saura entendre sa voix et que l'on bénéficiera de ses bienfaits matériels et spirituels, présents et à venir.

Chapitre 8 : Appel de Dieu

J'entendis la voix du Seigneur, disant : Qui enverrai-je, et qui marchera pour nous ? Je répondis : Me voici, envoie-moi.

Esaïe 6 : 8

Au terme du programme de notre formation, chacun de nous était libre de rester membre passif de l'assemblée ou accéder à la formation pratique des disciples actifs dans le champ de Dieu c'est-à-dire, serviteurs de Dieu.

Personnellement, je n'étais pas venu au Seigneur pour devenir son serviteur. A aucun moment une telle idée ne m'était passée par la tête. D'ailleurs, j'avais déjà beaucoup à faire dans mes propres entreprises ; de plus j'estimais qu'à cinquante ans, il n'était plus utile de commencer une nouvelle aventure, fut-elle dans le champ de Dieu.

Certains chrétiens pensent encore aujourd'hui comme je le pensais à cette époque. Ils oublient que Dieu est souverain et donc, ses décisions ne tiennent compte ni des activités ou fonctions que l'on exerce, ni même de l'âge que l'on a au moment de l'appel du

Seigneur. Dieu est le potier, chrétiens nous sommes de l'argile entre ses mains ; il faut laisser le potier nous travailler, nous transformer, nous façonner pour nous donner la forme et les contours selon son désir.

Ne puis-je pas agir envers vous comme ce potier, maison d'Israël ? dit l'Eternel. Voici comme l'argile est dans la main du potier, ainsi vous êtes dans ma main, maison d'Israël.

Jérémie 18 : 6

L'appel de Dieu n'est jamais une sollicitude, c'est plutôt un ordre ; pour nous en convaincre, rappelons-nous de l'appel de Moise (Exode3 :9-12), de Jérémie, d'Elisée…etc. Jérémie fils de Hilkija était un enfant quand Eternel Dieu fit appel à lui ; son jeune âge et ses complaintes n'influencèrent nullement la décision du Seigneur.

La parole de l'Eternel me fut adressée en ces mots : Avant que je t'eusse formé dans le ventre de ta mère, je te connaissais, et avant que tu fusses sorti de son sein, je t'avais consacré, je t'avais établi prophète des nations. Je répondis : Ah ! Seigneur Eternel ! Voici je ne sais point parler, car je suis un enfant. Et l'Eternel me dit : Ne dis pas : je suis un enfant, car tu iras vers tous ceux auprès de qui je t'enverrai, et tu diras tout ce que je t'ordonnerai. Ne les crains point ; car je suis avec toi pour te délivrer dit l'Eternel.

Jérémie 1 : 4-8

Elisée fils de Schaphath était un fermier et éleveur dans son village ; il avait son champ et ses douze paires de bœufs. Il menait tranquillement sa vie aux côtés des siens. Il reçut l'appel de Dieu d'une manière tout au moins brutale ; malgré cela, ni son âge ni ses biens ne constituèrent pas un obstacle pour répondre à l'appel de Dieu. Il abandonna son champ et ses bœufs pour servir l'Eternel auprès du prophète Elie.

L'Eternel lui dit : Va, reprends ton chemin par le désert jusqu'à Damas ; et quand tu seras arrivé, tu oindras Hazaël pour roi de Syrie. Tu oindras aussi Jehu, fils de Nimschi, pour roi d'Israël ; et tu oindras Elisée, fils de Schaphath, d'Abel-Mehola pour prophète à ta place.

1Rois 19 : 15-16

Elie partit de là et il trouva Elisée, fils de Schaphath, qui labourait. Il y avait devant lui douze paires de bœufs, et il était avec la douzième. Elie s'approcha de lui, et il jeta sur lui son manteau. Elisée, quittant ses bœufs, courut après Elie, et dit : Laisse-moi embrasser mon père et ma mère, et je te suivrai. Elie lui répondit : Va et reviens ; car pense à ce que je t'ai fait. Après s'être éloigné d'Elie, il revint prendre une paire de bœufs, qu'il offrit en sacrifice ; avec l'attelage des bœufs, il fit cuire leur chair, et la donna à manger au peuple. Puis il se leva, suivit Elie, et fut à son service.

1Rois 19 : 19-21

Il en fut de même pour l'appel des disciples de Jésus-Christ ; Matthieu(Levi) (Luc 5 : 27-29), Pierre(Simon) et André (Mt 4:17-20), Jacques et Jean (Mt 4:21-22) ainsi que Paul(Saul) sur la route de Damas (Actes 9 :1-6).

Ayant terminé la formation des disciples, je vaguais librement à mes occupations dans mes entreprises qui prospéraient et, se multipliaient. En plus de l'entreprise des produits chimiques et celle de fret aérien, j'avais créé une troisième qui s'occupait de la communication par radiophonie et du transfert des fonds entre les provinces du pays.

Je n'allais plus à l'assemblée de prière qu'une fois dans la semaine pour participer à l'intercession de la promotion et, bien sûr le dimanche pour assister au culte d'adoration.

Pendant cette période j'eus un songe ; une délégation de haut rang vint choisir parmi les membres de notre promotion, les disciples qui devraient suivre un stage afin d'être consacrés à l'œuvre de Dieu.

Ces délégués prirent les dossiers de tous les membres de la promotion et s'enfermèrent dans un bureau pour délibérer. Impatients de connaître la suite, nous attendions dehors devant le bureau où se tenait la délibération. Lorsque celle-ci fut terminée, le chef de la délégation sortit et nous lit les noms des disciples choisis pour servir Dieu ; mon nom était deuxième sur la liste. Le lendemain j'en parlerais à Célestin Ngandu, un de mes proches frères de la promotion.

Environ deux mois après ce songe, nous venions de terminer la prière d'intercession lorsque le responsable du département de la cure d'âme à cette époque, vint à la tête d'une délégation des anciens nous présenter la liste de noms des disciples choisis par la hiérarchie de l'assemblée pour servir Dieu. Mon nom était deuxième sur cette liste et pourtant, j'étais de ceux qui avaient fait le choix de ne pas devenir serviteurs de Dieu.

Les choses se passèrent de la même manière que Dieu me l'avait montré à l'avance par le songe. Bien que je ne fusse pas intéressé à la chose, néanmoins à cause du songe, il n'y avait pas lieu de douter de l'appel de Dieu, du moins pour moi. En plus, me rappelant de la désobéissance de Jonas (Jonas 1 :1-4), je me suis incliné à la volonté de Dieu et j'ai intégré le groupe des stagiaires.

Tout au long de la période de la formation et du stage, le Seigneur continuait à me parler par des songes sur les grandes lignes du programme qu'il avait pour moi. C'est ainsi qu'un soir, après la formation théorique et une séance des débats sur la cure d'âme, nous nous sommes dispersés dans la cour arrière de la résidence "Victoire" pour nous coucher. Pendant mon sommeil, j'ai eu un songe dans lequel la plus haute personnalité de notre assemblée vint nous visiter. Elle tenait dans ses mains quelques grosses enveloppes de couleur kaki qu'elle distribua à certains d'entre nous, à raison d'une enveloppe par personne ; mais à moi, elle m'en donna deux alors que plusieurs d'entre nous n'en reçurent pas. Après qu'elle fut partie, j'ouvris l'une de mes deux enveloppes. Il y avait deux billets d'avion aller-retour, l'un pour Pointe Noire au Congo et l'autre pour le Cameroun. Je remis les billets dans l'enveloppe et, je me réveillai sans avoir ouvert la deuxième enveloppe.

A ce temps là, il n'y avait pourtant qu'un petit noyau de notre assemblée au Cameroun ; lequel n'avait nullement besoin des missionnaires, et moi je n'étais qu'un stagiaire. Je partagerais de nouveau ce songe avec Célestin Ngandu que j'ai cité précédemment. Bien plus tard, j'en parlerais aussi à un autre frère en Christ, à André Muepu pour une raison toute simple : Ce dernier avait eu un songe dans lequel nous étions, lui et moi, en mission dans le champ de Dieu. Ce songe se répéta plusieurs fois dans ses sommeils, à des périodes différentes. Finalement il se décida de m'en parler, c'est à cette occasion que je lui fis part à mon tour de mon songe de deux billets d'avion.

A la fin du stage, je fis partie du groupe restreint de ceux qui furent retenus pour être consacrés serviteurs de Dieu. Depuis lors, je me suis entièrement consacré à l'œuvre de notre Seigneur Jésus-Christ, lui rendant gloire chaque fois que quelqu'un arrive à expérimenter sa bonté infinie par ma prière, par mon exhortation ou par ma prédication.

Après quatre ans sans relâche dans son champ, Dieu m'ouvrit enfin la porte des missions tant dans mon pays qu'à l'étranger. De toutes ces missions que j'eues à effectuer dans le champ de Dieu, la première nécessitant un voyage par avion fut celle de Pointe Noire au Congo. Elle s'accomplit cinq ans après la révélation que j'avais reçue de Dieu. La deuxième révélation relative au billet de voyage pour Cameroun s'accomplit un an après la mission de Pointe Noire. Elle fut la première mission de la Cure d'âme que notre assemblée de Dieu organisait dans ce pays.

Dans toutes ces missions, que l'on soit en un petit nombre ou en un groupe élargi des serviteurs de Dieu, nous en faisions toujours partie André Muepu et moi. Ainsi, mes révélations s'accomplirent, ainsi que celles d'André Muepu. Jésus-Christ notre Seigneur est un Dieu fidèle.

Chapitre 9 : Dans le champ de Dieu

Puis, ayant appelé ses douze disciples, il leur donna le pouvoir de chasser les esprits impurs, et de guérir toute maladie et toute infirmité.

Matthieu 10 : 1

Témoin de Jésus-Christ moi-même pour tout ce qu'il a fait et qu'il continue à faire dans ma vie, j'ai eu l'occasion de rencontrer dans son champ plusieurs victimes du diable qui l'ont combattu et l'ont vaincu. Ils ont vu la main de Dieu dans leur vie et ont témoigné Jésus-Christ notre Seigneur (Actes 1: 8). Dans la plupart de ces cas, l'ignorance de la parole de Dieu était à la base de leur servitude.

Profitant de cette ignorance, les agents du diable tels que les féticheurs, les marabouts, les occultistes ou les sorciers faisaient signer à leurs victimes des pactes et des alliances d'allégeance et de soumission au monde des ténèbres.

Ces victimes ne se rendaient pas compte de la gravité de l'acte qu'elles posaient ou de la déclaration qu'elles faisaient devant l'agent des ténèbres. Or, le diable utilise ces actes et ces déclarations faits devant ses acolytes comme un chèque en blanc qui lui donne le droit de sévir et de détruire son signataire et même ses descendants. Dans l'échantillonnage des témoignages qui suivent, nous allons comprendre comment le diable arrive-t-il à provoquer la stérilité dans un couple, à inoculer des maladies incurables ou à générer toutes sortes des malédictions dans la vie de sa victime.

Témoignage 1

Durant leurs premiers mois de mariage, Karl et Suzy étaient heureux et rêvaient des perspectives meilleures pour leur jeune couple. Pour sceller leur amour, ils planifièrent d'avoir un enfant. Mais hélas, des mois passaient sans un moindre signe de grossesse à l'horizon. Plus le temps passait, plus la joie cédait la place à l'amertume, à la tristesse et aux cauchemars dans la vie du couple.

En effet, Karl commença à vivre un cauchemar au sens propre du terme. Presque une nuit sur deux, il voyait en songe un homme lui disputer sa femme Suzy. Dans ces cauchemars, cet inconnu prétendait que Suzy était sa femme et que lui, le mari n'était qu'un intrus. Leur dispute se terminait toujours en bagarres.

Les rapports intimes dans la vie du couple devinrent douloureux et blessants dans la chair de Karl. Il en avait assez d'être torturé toutes les nuits dans les songes, de se réveiller fatigué avec des courbatures et des douleurs physiques de toutes sortes. Il envisageait même de faire chambre à part. Le couple était en voie de dislocation ; à cause de cela la jeune femme était devenue malheureuse, son mari ne s'intéressait plus à elle. Mais Suzy était membre de notre assemblée, elle invita son mari à une de nos réunions de prière. Il répondit favorablement à l'invitation et finit par s'inscrire dans une des classes d'affermissement et accepta Jésus-Christ dans sa vie. Un jour, il informa le formateur de sa classe au sujet des cauchemars qu'il vivait dans les songes. Ce dernier le conduisit au département de la cure d'âme et délivrance ; c'est là que son cas me fut confié.

En écoutant l'histoire de Karl, l'Esprit de Dieu me convint de faire venir sa femme afin de la suivre en premier dans la prière. A la deuxième rencontre de prière de la cure d'âme, suite à mon exhortation, Suzy se souvint d'un fait qu'elle avait complètement oublié ; et pourtant, c'était un élément essentiel qui était à la base des cauchemars dans son couple.

En effet, avant de rencontrer son mari, Suzy avait fréquenté Morgan. Ils s'aimaient et se proposaient de se marier. Ils aménagèrent ensemble dans une union libre en attendant le mariage ; de cette union naquit une fille. Quelques temps après, leur projet de mariage commença à battre de l'aile, à tirer en longueur ; alors Suzy demanda conseil à sa copine.

Celle-ci lui proposa de traverser le fleuve Congo pour aller chez un féticheur renommé, possédant des pouvoirs mystiques capables de sceller les cœurs de deux fiancés jusqu'au mariage, sans que l'un ou l'autre ne puisse réagir négativement, quelques soient les embûches à surmonter ou les desseins de son cœur. Elle accepta le conseil et s'engagea dans cette voie ; mais la rencontre avec le féticheur se fit par personne interposée, celle là même qui lui avait donné conseil. Le féticheur envoya à Suzy une poudre blanche accompagnée de mode et voie d'application suivante :

A introduire dans la partie intime de ton corps quelques instants avant les rapports intimes avec ton fiançais. Au moment d'introduire la poudre, tu réciteras les paroles incantatoires suivantes : << Toi Morgan, tu es mon mari pour la vie, tu n'auras d'autre femme que moi ; s'il t'arrive d'aller voir ailleurs, c'est moi que tu verras dans tes pensées, mon ombre t'accompagnera partout >>. Enfin, tout ceci devra se passer en secret, c'est-à-dire, ni su ni vu par ton fiançais.

Immédiatement après les rapports intimes, Suzy s'enfermerait de nouveau dans sa salle de bain pour recueillir le liquide visqueux, mélange de la poudre blanche du féticheur et du liquide séminal. Elle le conserverait bien caché dans un lieu sûr pour éviter que Morgan ne le voie et ne le sache.

Cette mixture devrait être introduite dans la tasse de café au lait bien chaud et bien sucré, qu'elle offrirait à son fiancé au petit déjeuner. Suzy appliqua à la lettre les instructions du féticheur. Ce matin là, Morgan prit son petit déjeuner à l'omelette et au délicieux café au lait bien assaisonné.

Voilà comment Suzy remit un chèque en blanc à Satan par l'entremise du féticheur. Quelques mois à peine après la pratique fétichiste, Morgan rompit les fiançailles pour convenance personnelle, abandonnant définitivement Suzy et sa fille.

Bien qu'ils fussent séparés physiquement, les liens spirituels du mariage de nuit que le féticheur avait scellé restaient immuables. Ils provoquèrent la rupture des fiançailles dans le visible en maintenant l'esprit du fiancé dans la vie de Suzy comme son mari dans les ténèbres, appelé mari de nuit (Genèse 6 : 1-2). C'est ainsi que son esprit se manifestait dans les cauchemars de Karl et détruisait son couple.

Au nom de notre Seigneur Jésus-Christ et par la puissance de son Esprit Saint, l'esprit de mari de nuit dans la vie de Suzy fut délogé et chassé, les pactes et les alliances sataniques détruits lors de la prière de délivrance.

Trois semaines après, Suzy et Karl vinrent nous annoncer que les cauchemars avaient cessé et qu'ils sont joyeux et contents dans leur couple ; bien plus, Suzy venait d'être informée que son test de grossesse s'était révélé positif. Aujourd'hui ils sont parents des enfants, gloire soit rendue à Dieu et honneur à son Fils Jésus-Christ, notre Seigneur.

Témoignage 2

Cessez de vous confier en l'homme, dans les narines duquel il n'y a qu'un souffle, car de quelle valeur est-il ?

Esaïe 2 : 22

Très souvent lorsqu'on est en difficulté, lorsque l'on rencontre des obstacles dans la vie, on cherche à se confier à un ami intime, à quelqu'un de confiance pour recevoir de lui des conseils, trouver une solution à son problème ou tout au moins, soulager la conscience.

On peut bien connaître les habitudes de la personne en qui on se confie, ses goûts et ses préférences mais, prétendre connaître son état d'âme est une autre paire de manche ; en voici un cas parmi tant d'autres :

Maggy était une jeune écolière, stagiaire dans un centre hospitalier de son village. Elle fut soupçonnée à tort qu'elle avait eu une aventure amoureuse avec le chef du centre. De bouche à l'oreille, tout le monde en parlait dans le village. Cette rumeur finit par arriver aux oreilles de l'épouse du chef de centre ; la situation explosa.

Maggy fut humiliée car l'épouse du chef de centre ne la ménagea aucunement. Déprimée, découragée, elle alla se confier à une amie ; celle-ci lui conseilla de se venger. La vengeance consistait à tenter de séduire le chef de centre jusqu'à l'amener à une réelle aventure amoureuse. Ainsi donc, Maggy n'aurait pas subi injustement de l'humiliation et des injures de l'épouse du chef de centre pour rien. Bien que ce conseil ne lui plût pas, elle manquait de courage pour dire non à son amie. Alors elle utilisait toutes sortes des prétextes pour ne pas répondre aux rendez-vous que sa copine planifiait avec le chef de centre.

Un jour, cette entremetteuse de circonstance arrange un rendez-vous avec le chef de centre et vient ensuite l'annoncer à Maggy ; celle-ci se rétracte en prétextant que ses cheveux sont sales, qu'elle n'a pas d'argent pour aller au salon de coiffure.

Connaissant déjà les astuces et les prétextes de son amie, l'entremetteuse s'était bien préparée ; elle sortit de son sac à main un billet de dix dollars américains et le lui tendit. Maggy accepta ce billet de banque malgré elle, ignorant que par l'acceptation de cet argent, elle venait de lui signer un chèque en blanc. Prise dans son propre piège, elle n'avait plus d'issu pour échapper au piège tendu. Le rendez-vous eu lieu et l'irréparable fut accompli.

A la fin de ses études, Maggy partit chercher du travail dans une ville lointaine. Elle y rencontra un jeune homme et se maria avec lui. Au bout de deux ans de mariage, ils n'eurent pas d'enfant. Les parents du mari déclarèrent Maggy stérile et obligèrent leur fils à divorcer d'elle, ce qu'il fit. Restée seule, Maggy est triste et soucieuse ; elle ne comprend pas comment et pourquoi elle est stérile alors qu'elle est toute jeune.

Quelque temps après Maggy voyage en Europe ; le voyage est une consolation qui fait oublier les soucis, qui fait disparaître momentanément la déprime par l'effet du changement des milieux.

Dans son pays d'adoption, Maggy rencontre un bel homme, ils s'aiment et finissent par se marier. Les mois et les années passent, ils sont toujours un couple sans enfant. Les soucis de Maggy refont surface. Patrick son mari étant déjà père avant le mariage, le coupable était tout désigné. Les va-et-vient de Maggy à l'hôpital commencent ; les consultations et examens obstétriques se succèdent pendant environ cinq ans sans résultat.

Elle décide finalement de recourir à la prière pour se confier à Jésus-Christ qu'elle accepte comme Seigneur et Sauveur dans une assemblée de Dieu de sa ville d'adoption. Maggy s'accroche à la parole de Dieu et participe activement et régulièrement aux activités spirituelles. A une retraite de prière conduite par une servante de Dieu missionnaire qui m'avait précédé dans cette assemblée, Maggy eu un songe ; elle revit dans ce songe son histoire vécue au village avec son ancienne copine et le chef du centre médical. Dans le songe, le billet de dix dollars qu'elle avait reçu de sa copine l'entremetteuse se transforma en une petite épingle. Par les rapports coupables qu'elle eut avec le chef du centre, la petite épingle alla se placer au col de son utérus, devenant un stérilet contraceptif satanique dans son corps.

Une année après le départ de la missionnaire, je me présentais à mon tour dans la même assemblée muni d'un ordre de mission de la hiérarchie. Environ huit mois après mon arrivée, Maggy vint me demander un programme de prière parce qu'elle était dans le blocage total, rien ne marchait dans sa vie. Au fait, plus de huit ans en Europe, elle n'avait jamais signé un contrat d'embauche. Ajouter à cela sa stérilité qui empoisonnait la vie dans son couple, il y avait de quoi s'affliger.

Je lui soumis à un programme de prière. Elle ouvrit son cœur à Dieu et lui confia tout, y compris le songe relatif à son aventure avec le chef de centre ; après cela je priai pour elle. Quelques jours après cette prière de délivrance, le C.H.U. où elle avait déposé un dossier de demande d'embauche plus d'une année auparavant et qui ne lui avait réservé aucune suite, lui téléphona pour connaître sa position puisqu'on avait un besoin urgent de ses services. Ce centre hospitalier dépêcha une voiture pour aller prendre Maggy chez elle et la conduire au lieu de travail où, on lui fit signer un contrat d'embauche sur le champ, Gloire à Dieu.

Cette victoire fortifia sa foi et son zèle de l'évangile de notre Seigneur Jésus-Christ. Un matin, alors qu'elle revenait de la veillée de prière et prenait sa douche, elle sentit quelque chose sortir de son bas ventre. Ne sachant quoi penser, elle mit la main et la petite épingle qu'elle avait précédemment vue en songe tomba dans sa main. Un an après la sortie de la petite épingle, Maggy donna naissance à un beau garçon qu'elle présenta à Dieu le jour de son témoignage. Gloire à Dieu.

Témoignage 3

Tu n'auras pas d'autres dieux devant ma face. Tu ne te feras point d'image taillée, ni de représentation quelconque des choses qui sont en haut dans les cieux, qui sont en bas sur la terre, et qui sont dans les eaux plus bas que la terre. Tu ne te prosterneras point devant elles, et tu ne les serviras point ; car moi, l'Eternel, ton Dieu, je suis un Dieu jaloux, qui punis l'iniquité des pères sur les enfants jusqu'à la troisième et à la quatrième génération de ceux qui me haïssent, et qui fait miséricorde jusqu'en mille générations à ceux qui m'aiment et qui gardent mes commandements.

Exode 20 :3-6

A Douala au Cameroun, j'ai reçu un frère en Christ à la cure d'âme. La trentaine révolue, Tefo fut un enfant illégitime élevé dans une famille monoparentale de sa mère. Il habitait la même ville que son père biologique mais, ne l'avait jamais connu jusqu'à son âge adulte. Lorsqu'il l'a enfin vu, il l'a détesté ; il avait une haine viscérale contre son père biologique.

De son côté, le père était un homme irresponsable et impudique ; il était au courant de l'existence de son rejeton mais ne voulait ni le reconnaître ni même se faire connaître à lui. Tout comme son père, Tefo menait une vie de péché, procréait des enfants hors mariages, s'adonnait à l'occultisme qu'il considérait comme son dieu avant d'accepter Jésus-Christ.

Il était venu à la cure d'âme pour une prière de

délivrance. A cette occasion, suite à mon exhortation, il ouvrit son cœur à Dieu, se repentit et pleura, des larmes coulèrent de ses yeux. Il prit l'engagement de fuir l'impudicité, de demander pardon à son épouse et à son père et d'abandonner l'occultisme. Après cela, il partit dormir en attendant la prière de délivrance qui devrait se passer tôt le matin. Dans son sommeil, il vit en songe un serpent debout sur sa queue devant lui qui le regardait, et lui de même regardait le serpent. Il le voyait de manière un peu floue, comme s'il était dans une eau trouble. Myope, Tefo portait des lunettes depuis son jeune âge ; il ne pouvait ni lire ni même reconnaître les visages des proches sans ses lunettes.

Par simple précaution habituelle, avant la prière de délivrance, nous conseillons au malade spirituel d'ôter tout ce qui peut se briser ou qui peut le blesser en cas des manifestations violentes des démons au cours de la délivrance. C'est ainsi que Tefo avait ôté sa paire des lunettes qu'il devrait normalement porter après la prière.

A la fin de la prière de délivrance, il arrangea ses affaires et alla se laver la figure. Ensuite il se dirigea vers le parking pour partir quand, chemin faisant, il aperçut au sol un bout de papier journal dont il lut le titre et même la suite de l'article. Instantanément il réalisa qu'il ne portait pas ses lunettes, celles-ci étaient toujours dans sa sacoche.

Etonné d'avoir lu un bout de papier au sol alors qu'il était debout sans lunettes, il sortit sa bible, l'ouvrit et se mit à la lire sans lunettes et sans aucune difficulté, devant ceux qui étaient à cette réunion de prière.

Il sortit sa paire des lunettes, la brisa sur le champ,

glorifiant notre Seigneur Jésus-Christ pour ce miracle dans sa vie. L'acte que sa famille avait signé et qui le condamnait venait d'être effacé (Colossiens 2 : 14). Gloire à Dieu et honneur à notre Seigneur Jésus-Christ.

Témoignage 4

Que mon Seigneur ne prenne pas garde à ce méchant homme, à Nabal, car il est comme son nom ; Nabal est son nom, et il y a chez lui de la folie. Et moi, ta servante, je n'ai pas vu les gens que mon seigneur a envoyés.

1Samuel 25 : 25

Mais Elymas, le magicien, car c'est ce que signifie son nom, leur faisait opposition, cherchant à détourner de la foi le proconsul

Actes 13 : 8

Lorsque Dieu donnait un nom nouveau (Abraham, Sara, Israël…) ou lorsqu'il donnait un nom à l'enfant avant sa conception (Isaac fils de Jacob, Salomon fils de David, Jean fils de Zacharie, Jésus-Christ…etc.), il en expliquait la signification sous la forme d'instruction, de directive ou de mission que le concerné devrait accomplir durant sa vie. Ainsi, l'homme s'identifie à sa mission, à son nom ; il est donc comme son nom.

Le Diable, le faux copiste, n'est pas en reste ; il donne lui aussi un nom nouveau à toute personne qui tombe sous sa domination (Daniel 1 : 7). Bien plus, il s'arroge le droit de suggérer aux parents le nom de l'enfant par des mécanismes occultes ou coutumiers savamment élaborés, pour qu'enfin de compte, l'enfant soit consacré au règne des ténèbres sans que ses parents en soient réellement conscients. C'est ainsi que, dans certaines coutumes et traditions, le nom de l'enfant fait référence au jour de la semaine selon l'ordre de naissance. Dans d'autres, une préséance préétablie dans la hiérarchie familiale oriente les jeunes parents dans le choix du nom à donner à leur enfant. Bien souvent, l'enfant reçoit le nom du totem de la famille, du clan ou du village. Ce totem peut être un animal, un oiseau, un arbre, une divinité, un serpent, un poisson, un insecte…..etc.

Le monde des ténèbres s'accommode aussi bien aux coutumes traditionnelles qu'aux civilisations dites modernes. Certains parents donnent à leur enfant le nom d'une star de cinéma ou de théâtre, d'une vedette de sport ou d'une imminente personnalité publique. Or, certaines d'entre ces stars remplacent valablement les totems. Ce sont des idoles (1Jean5 : 21) ou totems de temps moderne car, elles ne sont pas toutes devenues ce qu'elles sont par hasard.

Le porteur d'un tel nom est souvent enclin à tout ce qui l'attache au monde des ténèbres. Sa vie semble normale, ses activités, sa santé… etc. Mais à partir du moment qu'il voudra quitter son monde pour la lumière, qu'il commencera à chercher Jésus-Christ dans sa vie, alors le diable l'attaquera. Il utilisera les astuces qui rappellent les promesses d'allégeance de ses parents aux ténèbres et qui l'engagent entièrement par le nom qu'il porte, dans le but de le décourager ou de le punir.

Noëlla est une jeune fille membre de la jeunesse chrétienne de notre assemblée. Lorsqu'elle était dans le monde, menant une vie désordonnée, elle avait un visage rayonnant et sans tache. Mais dès qu'elle est venue au Seigneur, les éruptions cutanées ont fait surface sur son corps, se localisant surtout au visage et aux avant-bras. Cela la rendait moche, avec un visage plein des taches et elle se grattait tout le temps. Elle avait consulté les médecins internistes et les dermatologues sans succès. Lorsqu'elle appliquait les traitements que les médecins lui prescrivaient, les boutons disparaissaient pendant un laps de temps mais, réapparaissaient à nouveau avec beaucoup plus de virulence qu'avant le traitement ; sa situation ne faisait que s'empirer.

Elle vint à la cure d'âme nous soumettre son cas ; je lui soumis à un programme de prière. Pendant qu'elle suivait ce programme, elle eut un songe dans son sommeil ; des fourmis lui sortaient des pores de son corps. Lorsqu'elle m'en fit part, je voulus connaître le nom, dans sa langue maternelle, de cette espèce des fourmis qu'elle avait vues en songe. Et là, Noëlla sursaute surprise car, le nom des fourmis qu'elle avait vues en songe n'était rien d'autre que son propre nom « L'homme est comme son nom ».

En acceptant Jésus-Christ dans sa vie, Noëlla avait renoncé à l'alliance que ses ancêtres avaient conclue avec les agents du monde des ténèbres. Mais, elle continuait à mener une vie de péché, ouvrant ainsi les portes aux esprits des ténèbres. Alors le diable utilisait son propre nom pour la sévir. L'origine du mal étant ainsi découverte, elle recouvra sa santé après un programme des prières de délivrance. Au bout de quelques jours, sa peau redevint fine, sans tache et les boutons disparurent totalement et définitivement de son corps. Gloire à Dieu.

3 : Guérison miracle

Chapitre 10 : La foi agissante

Jésus leur répondit : Je vous le dit en vérité, si vous aviez de la foi et que vous ne doutiez point, non seulement vous feriez ce qui a été fait à ce figuier, mais quand vous diriez à cette montagne : Ote-toi de là et jette-toi dans la mer, cela se ferait.

Matthieu 21 : 21

Pendant que j'étais plongé dans mes souvenirs depuis la fin du chapitre 4, que je passais en revue ma vie depuis mon enfance jusqu'au moment ou j'ai commencé à penser, à réfléchir couché au lit d'hôpital, je n'ai pas su quand le sommeil m'a emporté. Je me suis réveillé en pleine nuit, ma femme était debout entrain d'implorer la grâce de Dieu pour la guérison de son mari. Dans sa prière elle disait notamment ceci : << Seigneur, mon mari ne te connaissait pas, il était du monde, je l'ai amené à toi. Lorsqu'il t'a accepté comme Seigneur et Sauveur, ce n'était pas pour avoir du travail, puisqu'il donnait du travail aux autres. Il ne t'a pas accepté pour avoir une voiture, il changeait des voitures depuis le banc de l'Université.

Il ne t'a pas accepté pour avoir une maison, pour se marier ou pour avoir des enfants. Mon mari t'a accepté comme Seigneur et Sauveur pour chercher ta face, pour te servir toi le vrai Dieu. Plus de 15 ans avant de venir à toi, il n'avait mis pieds dans un transport en commun ; mais pour toi Jésus, mon mari a pris place à bord des taxis, des taxis-bus, des bus, des fula-fula et même, il a fait des kilomètres à pieds pour amener ta parole à ton peuple à Mpassa ; bravant la fatigue, la distance, le soleil, la pluie et même l'obscurité de la nuit. Aujourd'hui, les pieds qui marchaient pour ton évangile sont paralysés ; les mains qui tenaient la bible pendant l'exhortation sont paralysées ; la bouche qui élevait ton Saint nom est fermée…. Seigneur, est-ce là le témoignage que tu m'avais réservé pour édifier mes enfants lorsqu'ils me demanderont pourquoi j'ai tiré leur père de sa coutume pour l'amener à toi ?>>

Pendant que les paroles de cette prière martelaient ma conscience, j'ai senti une sorte de révolte, une colère, que dire, une rage montait en moi contre l'esprit de mort et sa paralysie qui m'avait terrassée et qui me maintenait captif.

Sur le champ, toujours dans mes pensées, je pris la décision de me mettre debout, de marcher et de ne plus m'asseoir dans le fauteuil roulant placé à côté du lit. Angèle termina sa prière et se coucha.

La foi vient de ce que l'on entend et ; ce que l'on entend vient de la parole de Christ.

Romains 10 : 17

Je n'eus plus sommeil, je pensais à tout ce que j'avais entendu la journée au sujet de ma santé. C'est ainsi que l'exhortation du couple José sur la maladie et la guérison du roi Ezéchias, la causerie des trois amies de mon épouse qui lui conseillaient l'achat d'un fauteuil roulant pour moi et la prière de ma femme réveillèrent ma foi et la fortifièrent. Ayant pris la décision de me mettre debout et de marcher, l'Esprit de Dieu me rappela la définition de la foi dans le livre de Hébreux :

Or, la foi est une ferme assurance des choses qu'on espère, une démonstration de celles qu'on ne voit pas.

Hébreux 11 : 1

Je me dis, j'ai la ferme assurance que tout de suite, quoiqu'il arrive, quoi qu'il en coûte, je dois me mettre debout et marcher. Cela étant acquis en moi, l'Esprit de Dieu me dit de passer à la suite de la définition. La foi est une démonstration des choses que l'on ne voit pas. En clair, je dois faire la démonstration de ce que je crois.

J'ai commencé immédiatement la démonstration en me secouant énergiquement de façon à bouger tout mon corps. Le tronc de mon corps ne bougea pas, à peine la tête et les membres de l'hémisphère droit bougèrent faiblement. J'avais l'impression que le poids d'un tracteur était sur mon côté gauche et qu'il fallait le faire partir de là par la seule force de ma volonté.

Car nous n'avons pas à lutter contre la chair et le sang, mais contre les dominations, contre les autorités, contre les princes de ce monde de ténèbres, contre les esprits méchants dans les lieux célestes.

Ephésiens 6 : 12

Couché sur mon côté droit avec la face contre mur, je luttais contre l'esprit méchant, esprit de paralysie qui écrasait de tout son poids mon hémisphère gauche, la rendant inopérante.

Loin de me décourager, je doublais d'effort, je poussais de toutes mes forces comme une femme en travail, comme un homme pousserait tout seul sa voiture en panne sur la voie publique. Je le faisais non avec mes membres mais avec la force de mon cœur malade et celle de ma volonté ; c'était dur, ... très dur. Au bout d'environ trente minutes d'effort, de combat soutenu, mon corps bascula sur le dos. Je pouvais enfin voir le plafond.

Epuisé, je respirais comme si je venais de participer à une épreuve de course de fond. Après une pause bien méritée, je repris mon combat. Il fallait cette fois me basculer sur le côté atteint par la paralysie. Cette étape fut un peu moins pénible que la précédente parce que le côté qui fonctionnait était dégagé. Il me fallait le basculer au dessus du côté gauche. Je réussis à le réaliser en moins de temps que la première étape. En face de moi je vois mon épouse assise sur son pagne, observant tranquillement mon combat.

Elle aurait bien voulu intervenir, pensant que j'avais un besoin quelconque, changer de position au lit ou me soulager mais, elle s'interdit de participer à mon combat, avisée certainement par l'Esprit de Dieu. Me servant de mon bras droit comme levier, je tins le bord du lit et poussai de toute mon énergie ce bras jusqu'à m'asseoir au bord du lit, en laissant retomber les jambes vers le sol, et puis je pris encore une pause.

Pendant cette pause, je sentis des frissons dans mes membres, une puissance m'envahit de la tête aux pieds. Tout mon corps se mit à trembler, à tressaillir ; un phénomène que je n'avais jamais expérimenté dans ma vie jusque là. Grâce à cette étrange puissance qui venait de m'envahir, rien ne pouvait plus m'arrêter.

Je ne pensais plus qu'à mon combat pour recouvrer l'intégralité de mon corps. Avec autant de difficulté, je réussis à me mettre debout sur mes pieds, à soulever la jambe droite pour faire un petit pas…gloire à Dieu. J'avais fait le premier pas, mon Seigneur allait faire le reste.

La jambe gauche elle, ne semblait pas m'appartenir jusque là. Elle n'était toujours pas connectée à ma volonté ; je ne la sentais toujours pas. Dans ma tête, par la force de ma volonté je cherchais à la bouger, je la poussais à agir, finalement je l'ai sentie mais elle était très lourde à soulever. Loin de me décourager, je forçais avec toute la force de ma volonté,… et hop, je fus mon deuxième pas. Titubant, cherchant l'équilibre comme un enfant qui fait ses premiers pas, comme quelqu'un qui marche sur une corde raide, je réussis à faire quelques pas jusqu'à la porte de la chambre et puis, à faire le chemin inverse jusqu'au lit. Avec joie, je m'allongeai au lit tout seul mais, complètement épuisé. Sans nous être concertés, n'avions informé ni l'infirmier ni le médecin traitant de ce qui venait de se passer ; d'ailleurs mon épouse et moi nous n'avions échangé aucun mot à ce sujet.

La journée ayant bien commencé, nous l'avons terminée dans la bonne humeur. La joie se voyait clairement sur le visage de ma femme et sur ceux de Nicole et Eric, nos enfants qui passaient à tour de rôle nous rendre visite et s'enquérir de l'évolution de ma santé. Ils étaient agréablement surpris lorsqu'ils m'ont vu changer de position au lit sans le secours de leur maman.

La nuit suivante était chaude comme d'habitude, je bougeais au lit, me tournant d'un côté et puis de l'autre. Couché sur le dos, je soulevais un bras puis un autre, une jambe puis une autre ainsi de suite. Cela inquiéta Angèle et elle voulu se rassurer si tout allait bien ? Je lui répondus que tout allait bien ; je faisais des exercices pour réveiller les muscles endormis depuis la paralysie.

Cette nuit là, mon épouse eut un profond sommeil réparateur ; elle s'endormit comme un bébé. Quant à moi, j'étais très matinal ; j'ai commencé la journée par des exercices physiques pour stimuler mes muscles, ensuite je me suis décidé d'aller marcher dans la cour de l'hôpital.

En m'asseyant au bord du lit, j'ai vu Angèle en plein sommeil ; alors doucement et calmement je me suis mis debout. J'ai ouvert le rideau qui faisait office de porte, puis je suis sorti de la chambre. J'ai traversé la réception qui donnait à la cour de l'hôpital.

A cette heure très matinale, j'ai vu du côté des box des urgences, deux femmes entrain de prier. Au fond de la cour, une sentinelle était couchée sur un banc non loin de la grille d'entrée. Je me suis engagé à marcher dans la cour. Parti de la réception vers 04h30, je suis arrivé à la grille environ une demi-heure plus tard. Il m'avait fallu donc trente minutes pour parcourir une distance d'à peine deux cents mètres.

A mon retour vers la chambre, j'ai aperçu ma femme sortant de l'immeuble en courant, pieds nus, paniquée, désemparée, tenant ses babouches à la main. Dès qu'elle m'aperçut à son tour, elle s'arrêta net sans mot dire. Haletante, elle m'observait venir vers elle.

Lorsque nous nous sommes retrouvés dans la chambre et que je me suis reposé, je lui ai demandé : Pourquoi tu avais l'air si paniqué quand tu m'a vu dehors ? Je te croyais déjà à la morgue. Car en effet, selon certaines traditions africaines, lorsqu'un malade dans un état grave se rétablit spontanément de sa maladie, demande à boire et à manger, il succombera aussi spontanément à l'insu de ses proches, après les avoir distraits avec une guérison illusoire afin de les empêcher de le voir mourir. Comme si la vie et la mort dépendaient du bon vouloir du mourant.

Chapitre 11 : La sortie de l'hôpital

Je consacrais les derniers jours de mon séjour à l'hôpital à la kinésithérapie et à la marche dans la cour de l'hôpital. Le jour de ma sortie, je me dirigeais vers le parking où le véhicule nous attendait. Mais en passant devant un groupe des malades dans la cour de l'hôpital, j'ai entendu une voix de femme dire à mon sujet : << Il était déjà un cadavre, personne ne pouvait parier sur sa survie. Aujourd'hui il rentre chez lui, nous laissant tel qu'il nous avait trouvé. Dieu est injuste, il a agi pour lui parce qu'il est son serviteur >>.

Cette déclaration m'avait fait de la peine ; j'ai tourné ma tête pour regarder la femme qui avait parlé. En voyant son visage, je me suis souvenu d'elle. Un jour, cette femme m'avait vu pendant que j'étais dans l'une des situations pénibles de mon séjour à l'hôpital. Mon épouse devrait m'amener au bâtiment de laboratoire pour un examen d'électrocardiogramme. Ce bâtiment était situé à environ deux cents mètres de celui où j'étais logé. Mon épouse appela de l'aide comme d'habitude, pour que je sois installé dans le fauteuil roulant. Puis elle le poussa jusqu'à l'entrée du bâtiment de laboratoire et là, l'une de deux roues avant coinça dans la gouttière. La poussée exercée par ma femme souleva le dos du fauteuil roulant. Je fus renversé comme un sac de riz, tête en avant, incapable de me débattre. Angèle appela de l'aide tandis que moi j'étais là par terre…, devant les regards indiscrets.

Lorsque je fus réinstallé convenablement dans mon fauteuil roulant, une femme debout m'observait ; celle-là même qui venait de parler à mon sujet. Elle avait suivi des yeux toute la scène de ma souffrance. Elle était là pour les mêmes raisons que moi. Mais elle au moins, était indépendante puisqu'elle parlait bien et se déplaçait en boitillant à l'aide d'une canne ; et c'est comme tel que je l'ai laissée le jour de ma sortie.

Dieu est Amour, il a formé sur chacun de nous les projets de paix et non de malheur, afin de nous donner un avenir et de l'espérance (Jérémie 29 : 11). Par contre les échecs de la vie, les blessures et les meurtrissures que nous subissons sont les conséquences de nos péchés (Jérémie 30 : 15). Ainsi, nous devrions chercher à les découvrir afin de nous repentir car, une repentance sincère exige d'avouer nos péchés (Proverbe28 :13) ; c'est alors que nous mériterons le pardon de Dieu, que nous serons dans les meilleurs dispositions pour un bon combat de la foi contre nos ennemis invisibles.

Tant que je me suis tu, mes os se consumaient, je gémissais toute la journée ; car nuit et jour ta main s'appesantissait sur moi, ma vigueur n'était plus que sécheresse, comme celle de l'été. Je t'ai fait connaitre mon péché, je n'ai pas caché mon iniquité ; j'ai dit : J'avouerai mes transgressions à l'Eternel. Et tu as effacé la peine de mon péché.

Psaumes 32 : 3- 5

Chapitre 12 : Conclusion

Mais vous recevrez une puissance, le Saint Esprit survenant sur vous, et vous serez mes témoins à Jérusalem, dans toute la Judée, dans la Samarie, et jusqu'aux extrémités de la terre.

Actes 1 : 8

Tout au long de cette expérience spirituelle, mon propos témoigne que Jésus-Christ notre Seigneur est vivant ; qu'il exauce la prière de ceux qui croient en lui et qui obéissent à sa parole.

Cette parole nous recommande de nous pardonner les uns les autres (Matthieu 6 :14-15), de nous repentir de nos péchés (Proverbe 28 :13) et de rechercher la sanctification sans laquelle personne ne verra le Seigneur (Hébreux 12 :14).

C'est pourquoi, Jésus-Christ notre Seigneur nous exhorte à la vigilance, à veiller à tout moment puisque nous ne savons ni le jour, ni l'heure (Matthieu 25 : 13) ; néanmoins, chacun de nous sait qu'il empruntera un jour, le chemin de l'au-delà qui m'ait apparût de façon évidente.